かなわない、ぜったい。
～きみのとなりで気づいた恋～

野々村 花・作
姫川恵梨・絵

集英社みらい文庫

人物紹介
3人の女の子が、
好きになったのは
同じ人！
ほのか
明るく元気な野球
好き。サッカー好きの
有村くんとケンカ
しがち。
芽衣
男子がニガテで、
読書好き。
ちょっぴり内気な
性格。

CHARACTER & CONTENTS
あなたは
だれの恋に
共感する!?
有村拓海くん
頭が良くて、スポーツができるサッカー好き少年。とってもモテる♥
果穂
有村くんの幼なじみ。有村くんのヒミツを知っている。
DA

もくじ

恋、なんて、わたしにはまだ早いと思っていた。
それなのに。
あの日、わたしは生まれてはじめて恋をした。
そして、知った。
人を好きになる瞬間が、あんなに息苦しいなんて。
好きな人を見るだけで、あんなに幸せな気持ちになるなんて。
好きな人に「好き」って伝えるのが、あんなにむずかしいなんて。
ぜんぶ、はじめて知った。
だけど、わたしのはじめての恋は……

かなわない、ぜったい。

春
～芽衣～

(学校の席って、どうして男子と女子がとなり同士なんだろう……)

4月のはじめのふんわりとした風が、教室の黄色いカーテンをゆらしている。

春って、大好き。

ぽかぽかとあたたかくて、気持ちまで明るくなる……はずなんだけど。

(はぁ)

となりの席の男子のことを考えると、くらーいため息がでちゃう。

わたし、小野芽衣。11歳。

背はクラスで2番目に低くて、髪の長さは肩くらい。

本を読むのが大好きで、好きな科目は国語。

得意なことは、あんまりないけど、ニガテなことはいーっぱい、ある。

運動とか、算数とか、授業中にみんなの前で発表することとか。

でも、いちばんニガテなのは……、男子。

わたしは、男子が超ニガテ。

(男子って、ほんとにやだ。なに考えてるかぜんぜんわからないし、ヘンなこととか、いじわるなことも言うしさぁ)

そう思いながら、ランドセルから筆箱を取りだした瞬間、「おはよー」という声が聞こえて、わたしのからだはかたくなった。

となりの席の、有村拓海くんだ。

「おっ……おは、よ」

もうっ。どうして、「おはよう」の4文字がちゃんとでてこないんだろ。

ヘンに思われたかな、って有村くんのほうを見あげると、有村くんはなにも気にしてい

ないようすで、すぐに近くの席の男子とおしゃべりをはじめた。

（はぁ。よかった）

左どなりに座った有村くんの顔をもう一度見て、すぐに目をそらす。

きれいな顔。

目が大きくて、鼻が高くて。

なんだか、戦隊ヒーローに変身しちゃうんじゃないか、ってくらい、凛々しい顔。

だけど、笑うと、顔がくしゃっとなって、やさしそう。

はじめて同じクラスになったわたしでも、有村くんのことはけっこう知ってる。

頭がよくて、スポーツができて、みんなの人気者。

有村くんのことが好きな女子はたくさんいるらしい。

だから、ふつうの女の子なら、有村くんのとなりの席になれてうれしい！　って思うの
かもしれないけど、わたしの場合は、ちがう。

となりの席がイヤで、ピッタリくっついてる机と机を、こっそり離しちゃいたいくらい。

いじわるな男子はぜったいイヤだけど、有村くんみたいな男子も、ニガテ。

わたしは、すごーく地味な女の子だから、有村くんみたいなキラキラした子のとなりにいると、自分のこと、ますますイヤになっちゃうよ。

（あーあ。よりによって、有村くんのとなりの席なんて……）

とにかく、1か月のがまん！

1か月経ったら、つぎの席がえがあるはず！

自分に言い聞かせながら、1時間目の国語の教科書をだそうとしたら。

（あれ？）

わたしの机の中は、左に教科書、右にノート、ノートの上に筆箱、というふうにいつもきちんと整理してある、はずなんだけど。

（ない……）

しまった、と昨日の夜のことを思いだす。

本が大好きなわたしは、もらったばかりの6年生の国語の教科書を読んでいて。

その中のひとつのお話がすごくおもしろい、と話したら、おじいちゃんがどんなお話なのか知りたい、と言ったから、食事のあとで家族みんなに読んであげたんだ。

そして、今朝、教科書をランドセルにもどすはずだったのに……忘れちゃった。

（どうしよう、忘れものなんて、したことないのに！）

はじめての出来事に、わたしの頭の中は大パニック！

「きりーつ！」

担任の青木めぐみ先生がきて、日直の子が声をかけると、みんながバラバラと立ちあがる。

（教科書を忘れたときって……どうしたらいいんだっけ）

「れい！　ちゃくせき！」

そわそわといすに座って、きょろきょろとまわりを見まわす。

（たぶん、となりの席の子に見せてもらったりするんだと思うけど）

ちらり、ととなりの席の有村くんを見ると、有村くんもわたしのほうをむいて目が合って、あわてて目をそらす。

（ムリムリ！　男子に「教科書見せて」なんて言えない……）

どうしよう、と思いながら、とりあえずノートを広げて、先生が黒板に書いた文字を書きうつしていく。

(だいじょうぶ、下をむいて、先生に当てられないようにしたら、教科書忘れたってみんなに気づかれないはず)

だけど……、この作戦は、すぐに失敗した。

「じゃー、今日は4日だからー。出席番号4番の井川さん、読んでください」

ぎくり。

井川さんは、わたしの3つ前の席の女の子だ。

いやな予感がして、心臓の音がどんどん大きくなっていく。

「じゃ、つぎ、そのうしろ、古川さん」

(やっぱり!!)

びくっと、体がふるえたのがわかる。

(どうしよう。このままだと、わたし、当たっちゃう!!)

どうしよう、どうしよう、と思っているうちに、わたしのひとつ前の席に座っている野口さんが名前を呼ばれて、音読をはじめた。

わたしは背中をまるめて、自分の名前が呼ばれたら、どうすればいいのか必死で考える。

先生に、「教科書を忘れました」って言わなきゃ。

でも、なんでもっとはやく言わなかったのって怒られたらどうしよう。

みんなの前で先生に怒られるなんて、はずかしくて死んじゃいそう！

やっぱり、有村くんに教科書見せてってたのもうか。

でも……いやだってことわられたらどうしよう。

「じゃ、つぎ、小野さん」

びくっ。

どうするか決められないまま名前を呼ばれて、先生の顔を見たまま、言葉がでなくて
「あ」と小さな声をもらす。

「小野さん？」

先生がふしぎそうに首をかしげる。

「あ、あの……」

わたしが口をひらきかけたその瞬間。

「小野、ここ」

となりの席の有村くんが、すっと教科書をわたしの前にさしだして、左のページの上の3段落目を指さした。

（あっ）

有村くんの顔を見ると、有村くんはわたしの目を見てかるくうなずいたあと、「ここを読め」というように、視線を教科書にうつして、指で読む場所をコンコンとたたく。

わたしは、あさく空気を吸いこんで、有村くんの指が教えてくれた場所を読む……。

「はい、ありがとう。じゃ、つぎ、小島くん、読んで」

はぁ。

自分の番が終わり、ほっとしたわたしは、「ありがとう」と小さな声で言いながら、有村くんに教科書を返そうとする。

すると、有村くんは、首をふり、教科書をわたしと有村くんの机のまんなかにおいた。

そして、いすをすこしわたしのほうに近づける。

（わ。なんか……近い！）

こわくてとても見ることができないけれど、たぶん、いま、すぐそこに有村くんの顔がある。

体温がつたわってきそうなくらい、近くに。

(ええええええ)

ドキドキドキドキ。

心臓の音が、大きく速くなっていく。

男子は苦手。

男子と話すのは緊張するし、いやなことされないかってドキドキハラハラする。

だけど、このドキドキは、いつものドキドキとはちょっとちがう。

せっかく見せてもらっているのに、自分の視線と有村くんの視線が文字の上でぶつかっているって思うと、教科書の内容がぜんぜん頭に入ってこなかった。

「あの……、ほんとにありがとう!」

国語の授業のあと、休み時間のさわがしさの中で、もう一度、有村くんにお礼を言う。

すごく助かった、とか、うれしかった、とか、もっと伝えたいことはたくさんあるのに、うまくことばにできないのがもどかしい。

「ぜんぜん！　気づくのおそくなってごめんな」

教科書とノートをかたづけながら、有村くんはにっこり笑う。

「そんなっ……」

そんなことないって言いたいのに、ことばがでてこなくて、かわりに、首を大きく横にふる。

「つぎ、忘れたときは、すぐに言えよ。オレも、なんか忘れたら小野に助けてもらうからさ」

うん！　うん！

と、大きく何度もうなずくわたしを見て、有村くんは笑顔で大きくうなずく。

そして、友だちに呼ばれて立ちあがり、教室をでていく。

有村くん……、やさしい……。

思わず、ほうっとして有村くんのうしろ姿を見つめていると。

「メイ！　どうした？　だいじょうぶ？」

わたしのいちばんの友だち、野田朱音ちゃんがわたしの机に駆けよってきて、有村くんが歩いていったほうをにらみつける。

小2のころ、クラスにすごくいじわるな男子がいて、わたしはその子にいじめられたせいで男子がニガテになっちゃったんだけど。

そのとき、いじわるな男子からわたしを守ってくれたのが、朱音ちゃんなんだ。

「有村に、なんかイヤなことでも言われた？」

「ううん！　ぜんぜん！」

そうじゃないよ、と、あわてて朱音ちゃんの目を見る。

「教科書を忘れて困ってたらね、有村くんが気づいて、見せてくれたの」

「うん、それは知ってる」

「え」

「だって、メイがなかなか音読はじめないから、心配してふりかえったら、ちょうど有村が教科書をメイの机においてるとこだった」

「そっか……」

朱音ちゃん以外のクラスメイトたちも気づいたかな。

ほかの男子にからかわれたらイヤだな……。

「でもさ、メイ、男子キライじゃん？　だから、だいじょうぶかなって」

「……だいじょうぶ……だった」

だいじょうぶどころか、ちょっとうれしかった、気がする。

でも、その気持ちは、なんだかはずかしくて、まだ朱音ちゃんにも言えなかった。

「あーそう！　よかった！　ま、有村、ほんといいヤツだから、心配しなくていいと思ったんだけど」

「朱音ちゃん、有村くんと仲いいの？」

「まぁね。有村って、だれとでも仲いいんじゃないかな。４年のとき同じクラスだったんだけど、みんなにやさしいし、たよりになるしさー。そうだ、音楽会の合唱の指揮者を決めるとき、クラス全員『有村がいい！』って言ったんだよ。アイツのことキライなヤツなんていないかも」

「そうなんだー……」

「そ。だからさ、小４のときにはもう、むっちゃモテてた。バレンタインのチョコ、50個くらいもらったってウワサだったなー」

「す、すごい……」

「でも、いまはそのときよりもモテてるっぽいよ。有村、中学受験組だから、ウチらみたいに四つ葉中にはいかないと思うし……」

「中学受験……。ほんとにすごいね、有村くん……。わたしなんかとはぜんぜん、住む世界がちがうっていうか……」

「なーに言ってるの！　メイだってすごいよ！　いっぱい本読んでて、いろんなこと知ってるじゃん！　ウチ、いつもすごいなーって思ってるんだ」

ニコニコ笑顔の朱音ちゃんがほめてくれて、わたしはちょっと照れちゃう。

「それに、すっごくやさしいし。髪の毛もサラサラで女の子っぽくてさ。ウチのお母さん、メイのこと、『かわいくて礼儀正しくて、すごくいい子だねー。朱音もちょっとは芽衣ちゃんを見習いなさい！』なーんて言うんだよ」

「うう」

ほめられるの、慣れてないから、どんな顔していいのかわからない……。

でも、ちょっとうれしい。

わたし、もう少し自信を持っていいのかな？

わたしも、有村くんと仲よくなれるかな。

今度はわたしが有村くんを助けてあげたい。有村くん、教科書忘れないかな……。

「忘れ物をしてほしい」なんて、ずいぶんと勝手だけど、ね。

2

ドキドキ。ドキドキ。

黒板の上の時計の針が、８時９分をさしている。

あと、１分。

秒針が、小さな音をたてて動くたび、心臓の音が大きくなる。

８時10分。

「おはよ～」

教室の前のドアから有村くんの元気な声が聞こえて、わたしは、ばっと顔を下にむけて、広げていた本に目を落とす。

本を読んでいるふり。

内容なんてぜんぜん頭に入ってこなくて。

ドキドキ。ドキドキ。

「おはよ〜小野」

有村くんがそう言いながらランドセルをおいて、わたしははじめて気づいたって顔で有村くんを見あげる。

「おはよう」

よしっ。ふつうに言えた！

有村くんがこっちを見てにこっと笑ってくれて、それだけで、心がふわりと軽くなる。

有村くんに教科書を見せてもらってから、1週間。

有村くんは毎朝8時10分に登校してきて、「おはよう」って、わたしに声をかけてくれる。

有村くんって、すごいんだ。

ほんっとにいい子で、明るくて、友だちも多くて。

今朝もさっそく、友だちが何人も集まってきてる。

男子はもちろん、女子とも仲がいいんだけど、その中でもいちばん仲がよさそうなのが、いまおしゃべりしてる子のひとり、樋口ほのかちゃん、だ。

「ひぐちー。こないだの試合、見たか？」

「あー、見てない。忘れてた。あたしもいろいろ忙しいんだよ〜」

「うーわっ！　見ろって言っただろ！　あの試合、最高だったんだぞ。あれ見たら、野球よりサッカーのほうが数万倍おもしろいってわかったのに！　今日の日本代表戦は、ぜったい見ろよ！」

「だーかーらー。サッカーより野球のほうがおもしろいって。ってかさ、その試合、勝ったの？」

「うっ……、それ聞く？」

「聞くー。野球は、外国のチームと戦っても、日本めちゃめちゃ強いんだからね！」

勝ち誇った顔のほのかちゃんに対して、ガーンと落ちこんだ顔の有村くん。

その顔を見て、わたしはぷっとふきだしそうになって、あわててガマンする。

有村くんのこんな顔、はじめて見た。

サッカーファンの有村くんと、野球ファンのほのかちゃんは、よくこんなふうにどっちがおもしろいかって言いあってる。

わたしは、あはは、と笑っているほのかちゃんをちらりと見る。

ほのかちゃんは、目が大きくて、髪がフワフワ。いつも明るくて元気で、まるでマンガのヒロインみたいな子で……悲しいけど、わたしとは正反対って感じ。

ほのかちゃんが、またなにか言おうとしたとき、教室のドアがガラガラとあいた。

「ごめんねー、ちょっと遅れちゃった。じゃ、日直さん、お願いしまーす！」

あわてたようすで青木先生が教室に入ってきて、日直がかけ声をかける。

立ちあがりながら、わたしは、今日は図書室によって帰ろう、と心に決めた。


放課後。

ミニバスの練習がある朱音ちゃんと別れたあと、わたしは予定通り図書室にきた。

借りていた本を返して、窓際の棚にむかう。

（このへんに、あったはず……あ、あった！）

棚からそっと青い背表紙の本をぬきだす。

題名は『だれでもかんたん！　サッカーのルール』。

いままで、サッカーなんてぜんぜん興味なかったけど。

有村くんが話しているのを聞いてたら、なんかおもしろそうだなって思って。

この本を読んで、テレビで今日の試合を見てみよう。

それで、いつか、有村くんとサッカーの話ができたらいいなぁ、なんて……。

ぼっ。

思わず、顔が熱くなる。

これじゃ、有村くんと話したくて、サッカーを好きになろうとしてるみたい。

まぁ、そうなんだけど……。

あ、ううん！　ちがう！　わたしは、サッカーがおもしろそうって思っただけで……。

「あ、芽衣ちゃんだ」

えっ!?

急に名前を呼ばれて、ふりかえると、ほのかちゃんが立っている。

「ほのかちゃん……」

「おもしろい本あった？　……あ」

視線を落として、わたしが持っているサッカーの本を見たほのかちゃんが、目を見ひらく。

どうしよう！

今日の、有村くんとほのかちゃんの話を聞いてて、サッカーの本を探しにきたって思われたら……なんだかすっごくはずかしい!!

「芽衣ちゃんって、もしかして……」

ほのかちゃんが真剣な目でこっちを見るので、わたしは目をそらしてしまう。

もしかして、有村のことが好きなの？なんて言われたら、どうしよう!?

好き、なんて、まだそんな……。

だけど、ほのかちゃんのつぎのことばは、意外なものだった。

「もしかして……、サッカー好きなの？」

ずこっ。

それ、そんな真剣な顔で言うセリフ⁉

だけど、ほのかちゃんは大まじめみたい。

「そうだったんだー。やっぱ、人気だよね、サッカー……」

しゅん、と落ちこんじゃったほのかちゃんが心配で、おそるおそる顔をのぞきこむと。

「でもね！　野球もすっごくおもしろいよ！　はい！　これ！」

そう言って、ほのかちゃんが笑顔で差しだしたのは、同じ棚にあった、『ぜったいおもしろい！　野球の世界』って本だった。


つぎの日。

「芽衣ちゃん♡　アレ、読んでくれた？」

朝、登校するなり、ほのかちゃんが目をキラキラかがやかせてわたしの席にやってきた。

「あっ……ごめん、ちょっとまだ……」

結局、昨日はサッカーの本と野球の本を借りて帰って……、サッカーの本を見ながら、サッカーの試合を見たんだ。

ごめんね、ほのかちゃん。

心の中でほのかちゃんに謝ったけど、ほのかちゃんはぜんぜん気にしてない顔だ。

「だいじょうぶ、だいじょうぶ！　いつでもいいから、読んでみて！　サッカーよりぜったい野球のほうがおもしろいんだから！」

ほのかちゃんがそう言ってにこっと笑う。

ほんと、いい子だなー、ほのかちゃん。

ほのかちゃんが、野球のおもしろさについて、話しだしたとき、ほのかちゃんのうしろから、有村くんがひょっこりとあらわれた。

「うーわ。小野、かわいそ」

有村くんはわたしとほのかちゃんの顔を見くらべる。

「ひぐちー。野球ファンふやしたいからって、あんまり強引だと引かれるぞ」

「はんっ！　うるさい有村！　芽衣ちゃんは、イヤがってないもん！　ね、芽衣ちゃん？」

ほのかちゃんの言葉に、わたしは、うんうんと大きくうなずく。

「ほんとかー。だいたい、女子ってそんなにスポーツに興味ないだろ」

「それが……、芽衣ちゃん、サッカー好きなんだって」

にがーい顔をしたほのかちゃんと正反対に、有村くんの顔がぱっと明るくなる。

「え、小野、サッカー好きなの？　昨日の日本代表の試合見た？」

「あ、……う、うん」

あぁ、どうしよう。

昨日の試合は見たけど……。

好きっていうのはどうだろ……、昨日、はじめてテレビで試合を見ただけなのに。

なんか、うそついたみたいでイヤだ～（涙）

「そうなんだ、知らなかった！　だれのファンとかあんの？」

「えーっと……」

どうしよう、選手の名前なんてわからない。

でも、昨日ゴールを決めた選手、かっこよかったな……。

「えっと……、9番の……」

そう言うと、有村くんの顔がますますパーッとかがやく。

「わかる！　いいよな、大木選手！　所属してるクラブもベテランを中心によくまとまってるんだけど、若手もすっごい伸びてて、切磋琢磨してるし」

「う、うん」

有村くんの言ってること、とちゅうからほとんどわからなかったけど、とりあえずうなずく。

「って、わけだから。樋口、小野を野球ファンに引き入れるのはあきらめろ。な、小野？」

「ふんっ。あたし、あきらめる気なんてないから！　芽衣ちゃん、とにかく、あの本だけは読んでみてね！」

有村くんとほのかちゃん、真剣なふたりの顔がぐいっと近づいて……、ぜんぜん似ていないはずのふたりの顔が、なんだか同じ顔に見えて、わたしはおかしくて、思わずくすっと笑ってしまう。
「なんで笑うんだよ？」
「なんで笑うの？」
ほとんど同時に有村くんとほのかちゃんが言って、ふたりは顔を見あわせて、それから
わたしのほうを見て、ぷっとふきだす。
あははははは。
わたしたち3人の笑い声に、クラスメイトたちが「どうしたの？」「なんでそんなに
笑ってるの？」と近づいてくる。
ほんと、なんでこんなに笑ってるんだろう。
もちろん、有村くんとほのかちゃんの声がそろったのがおもしろかったんだけど。
でも、それだけじゃなくて。
有村くんとほのかちゃんと、友だちみたいに楽しく過ごせているのが、うれしくて。
おなかのあたりから、うれしい気持ちがわきあがってきて、わたしはずっと笑いつづけ
てる。

図書室でサッカーの本を借りて、ほのかちゃんと話せて、ほんとによかった！
サッカー、もっとくわしくなりたいな。
それで、有村くんと、もっと楽しくおしゃべりできたらいいなぁ。
笑いながら、そう思っていた。んだけど。

（有村くん……）
給食の準備中。
給食を取りにいく順番を待つあいだ、本を読もうと思って、ランドセルからだす。
買ってもらったばっかりの、『リリューと虹色たまご』っていう本。
つづきが気になっててさー。
だけど……、本を広げても、目が勝手に有村くんのほうを見ちゃう。
5月のはじめの席がえで、わたしはいちばんろうか側のいちばんうしろの席になった。

有村くんは、教室のまんなかあたり。

席がとなりじゃなくなって、「おはよう」のあいさつもできなくなっちゃった。

4月の間は、有村くんがサッカーの話をいっぱいしてくれて、そこにほのかちゃんがやってきて言い争いになって、またみんなで笑って、すごく楽しかった。

あのあと、野球の本も読んで、ほのかちゃんともすごく仲よくなれたんだよ。

でも、席が離れてからは、有村くんとほのかちゃんとわたしの3人で話す時間はなくなっちゃった。

(だけど、有村くんのこと、こっそり見られるのは、うれしい……)

となりの席でおしゃべりしてたときは、ドキドキしてあんまり有村くんの顔を見られなかったんだけど、席が離れちゃってからは、遠くからこっそり、有村くんのこと、好きなだけ見られちゃう。

有村くんのことばっか気にして、自分でもヘンだなって思うけど。

でも、有村くんって、見てるだけで楽しい気持ちにさせてくれるんだもん。

有村くんはいま、給食当番で、みんなの机に牛乳を配っている。

（マスクしてる有村くんもかっこいいな……。たまには話しかけてくれないかなー、なんて）

そんなふうに思った、そのとき。

有村くんがふいにこっちを見た。

（わ。目が合っちゃった!!）

ずっと見てたって知られたら、気持ち悪いって思われちゃう！

あわてて目をそらして、持っていた本を読んでいるふりをはじめる。

それなのに。

（こっちくる！）

給食着を着て三角巾をつけた有村くんがまっすぐ近づいてきているのが、視界のすみっこでわかる。

どうしてこっちにくるの？

気持ち悪いから見るな、って言われたらどうしよう。

こわくて、体がぎゅっとこわばる。

「小野……」

名前を呼ばれて、こわごわと有村くんを見あげる、と。

(あれ?)

こっちをにらんでいるのかと思ったのに、有村くんの目はわたしの顔を見ていなくて
……、もっと下を見ている。

「小野……それって、『リリューと虹色たまご』?」

「え?」

わたしは、有村くんの視線が、自分が持っている本にむけられていることにやっと気づく。

「あのさ……、その本、読みおわったら借りてもいい?」

「あっ、うん、もちろん!」

はい、と、本をさしだす。

「いや、小野が読みおわってから貸して」

「だいじょうぶ! これ、もう何回も読んでるから」

うそ。

まだ一回も最後まで読んでいない。

本は、ぐうぜん恐竜の卵をひろった男の子の話で、こっそり育てていたのに、どんどん大きくなってしまって、男の子の部屋より大きくなってしまいそうで、これからどうしたらいいんだろう、と男の子が悩んでいるところまで読みおわっていて、つづきが気になっている。

でも、本のつづきが気になる気持ちよりも、有村くんに本を貸したい、という気持ちのほうがずっと大きいんだから、しょうがない。

「そうなの？　やった！」

有村くんがくしゃっと笑って、うれしそうに本を受けとる。

「この本、惣田選手が子どものとき好きだった本なんだって」

「ふーん、そうなんだ」

久しぶりに有村くんと話してる、って思うと、気持ちがなんだかフワフワしてくる。

「ファンクラブの会報で見てさ、読みたいと思って……あ、そうだ」

有村くんは本を大切そうに自分のランドセルにしまいにいって、かわりに1冊の本をわたしにさしだした。

「オレが借りちゃったら、小野が読む本がなくなるよな。これ、いまオレが読んでる本。女子が読んでもおもしろくないかもしれないけど」

「あ、ありがとう」

有村くんから本を受けとって……表紙を見てぎょっとしちゃう。

本のタイトルは、『地獄ハイスクール』。

表紙には、鬼とか妖怪みたいなイラストが描いてある。

(これ、本屋さんで見たことがある……男子に人気の本だ)

こわい話は苦手だけど……。

表紙の絵もすごくこわいけど、でも、有村くんの本だと思うと、大事な大事な宝物みたいに思える。

(有村くん、「話しかけてくれないかなー」って思ったら、話しかけてくれた……)

偶然だってわかってるけど、なんだかすごくうれしい。

うれしくて、笑いそうになるのをごまかそうと下をむいて。

わたしは、有村くんに借りた本を、そっと胸にだいた。


「へー！　本の貸しあいしたの？　すんごい仲いいじゃん！」

「朱音ちゃんっ！」

ほかの子に聞こえちゃう！　と、わたしはあわてて朱音ちゃんの口をおさえる。

「あ、ごめん、ごめん」

朱音ちゃんは、わたしに合わせて小声でつづける。

ふう。

でも、今日は天気がいいから、男子や運動神経のいい女子はみんな運動場で遊んでいるみたい。

昼休みの教室に残っているのは朱音ちゃんとわたしと、あと数組の女子だけ。

「でも、あんなに男子がきらいだったメイが、ねー」

朱音ちゃんがニヤリと笑うので、わたしははずかしくなる。

「きらいっていうか……、ニガテなだけで」

「そうだね。でも、有村はちがう、ってことだね」

「うっ」

「ひゃーっ。いいな、恋！」

「恋!?」

わたしは、自分でも、有村くんのことが好きなんじゃないかな、とちょっと思ってる。

だけど、「恋」っていうことばは、なんだか自分にはまだはやい気がしちゃう。

「恋、なのかな？」

「これまでの話を聞いてると、たぶんそうなんじゃない？　ウチにはよくわからないけど」

恋、だとしたら、これはわたしの初恋だ。

はずかしいけど、胸のあたりがぽかぽか温かくなる。

「でも……、恋って、『恋人になりたい！』って気持ちになるんでしょ？　わたし……ほんとに、見てるだけでじゅうぶん、って感じなんだけど、恋っていうのかな、これ」

「はー」

朱音ちゃんは、めずらしい物を見るように、わたしの顔をながめる。

「めっちゃカッコイイ芸能人とかならわかるけどさー。同じクラスの同い年の男子のこと、見てるだけで幸せ♡　って……。有村、たしかに顔はいいかもしれないけど。人って、好きな人ができると、そんな気持ちになるんだね。すごい」

わたし、自分の顔が真っ赤になってるのがわかる。

もー！　朱音ちゃんってば。

わたし、見てるだけで幸せ♡　なんて、言ってないのに！

だけど、言ってないけど……、ほんとにそんな気持ち。

でも、わたしがいくら有村くんのことを好きでも、有村くんはきっと、わたしのことなんてなんとも思ってないんだろうな。

そう思ったら、これが自分のはじめての恋って認めるのがこわくなる。

「でも、有村くん、人気者だから……わたしなんて」

「んもーっ、でた、メイの『わたしなんて』」

朱音ちゃんがこわーい顔をしてこっちを見てくる。

「『わたしなんて』って、思わないで！　メイはすごくかわいいし、すごくおもしろいし、めちゃくちゃいい子だよ！　親友のウチが言うんだからまちがいないって！」

「朱音ちゃん……」

ジーン、と感動しちゃう。

わたしって、なにもないけど、こんなにステキな友だちがいるだけで幸せだなー、なんて。

「もっと自信もって！　有村が人気あるからって、自分のこと下に見ちゃダメ！」

わたしが小さくうなずくと、朱音ちゃんは大きくうなずく。

「で、もしメイが有村のことほんとに好きになって、有村がメイを泣かせるようなことがあったら、ウチが有村をボッコボコにしてやるわ。うん、名案！」

にこっと笑った朱音ちゃんの顔が……こわすぎる。

「朱音ちゃん……、じょうだん、だよね？」

「あはっ」

じょうだんだと思うけど。

朱音ちゃんは、じょうだんだよー、とは言ってくれなかった……。

4

火曜日の1時間目は国語。

いちばん好きな科目なのに、今日はべつのことで頭がいっぱい。

(「すっごくおもしろかった！ ありがとう！」「すっごくおもしろかった！ ありがとう！」……うーん、きんちょー……)

頭の中で、ブツブツとつぶやいて練習してる。

有村くんに本を貸したのが先週の水曜日。

有村くんは、昨日、「おもしろかった！ ありがとう！」って本を返してくれたんだ。

でも、わたしは有村くんに借りた本を家においてきてて。

だから、早く返さなきゃって思うんだけど、そのためには自分から有村くんに話しかけなきゃいけないから……朝から心臓がドキンドキンと鳴っている。
キーンコーンカーンコーン。
うう。
聞きなれているはずのチャイムの音が、戦いの合図みたいに聞こえちゃう。
先生がでていって、わいわいとうるさくなる教室。
ちらり、と朱音ちゃんのほうを見ると、朱音ちゃんもこっちを見ていて、「がんばれ」
と朱音ちゃんの口が動く。
うーん、いってきます！
一大決心をして、立ちあがって、教室のはしっこから真ん中へとむかう。
「有村くん」
有村くんの背中に声をかけると、有村くんが振りかえる。
「これ……ありがとう」
あーん、おもしろかった、って言えなかった。
はい、と本を差しだすと、有村くんはにこっと笑ってくれる。

「おもしろかった？」

うん、うん、と大きくうなずく。

「なんか……こわそうな話かな、って思ってたら、ぜんぜんちがった」

「だろ!?」

有村くんが、すっごくうれしそうな顔をしてくれるから、わたしは、本の感想を言いたくなっちゃう。

「な、なんかね、地獄高校に通ってる子たちが、最初すっごく悪い子で、いろんな悪いことをするのがおもしろくて、でも、最後、すっごくいい子になって……ちょっと感動しちゃった」

「わかる！　最後、感動するよな！　先生のセリフがよくてさ〜」

「そうそう！　こわくていやな先生だと思ってたのに」

「な」

うれしい！

わたし、いま、有村くんと本の感想を言いあってる！

なんか……、どんどん仲よくなれてる気がする！

「オレ、このシリーズ全部持ってるから、つづき、読む？」

「え！　いいの？　……ありがとう」

ほんとうにおもしろい本だったから、つづきを読めるのがすっごくうれしい。

でも、また本のことで有村くんと話せるのはもっとうれしい！

（だめだ、幸せすぎる……）

じーん、と幸せな気持ちに浸っていると。

「あ、芽衣ちゃん、その本、おもしろかった？」

ほのかちゃんがにこにこ顔でやってきた。

「うん、すごくおもしろかったよ！」

わたしが答えると。

「そうなんだ！　じゃ、あたしも借りようかな」

「え、樋口、いまさらかよ」

「うるさいなー」

ほのかちゃんは、有村くんの手からひょいっと本を取りあげて自分の席にもどっていく。

わたしが返したばかりの本は、ほのかちゃんのランドセルの中に入った。

(あー……)

なんでだろう。

ちくん、と胸が痛くなった。

わたしにとってはすごく特別なことだったけど。

本を貸したり借りたり、なんて、有村くんやほのかちゃんにとっては、なんてことない、フツーのことなんだよね。

そんなの、わかってたはずなのに。

どうしてこんなに悲しい気持ちになっちゃうんだろう。

わたしが有村くんとサッカーのことで話せるようになったのは、ほのかちゃんのおかげで。

ほのかちゃんとは仲よしになれたのに。

ほのかちゃんは、とってもいい子なのに。

いま、有村くんがほのかちゃんに本を貸すのがイヤって思っちゃった。
わたしって、心がせまい、かな？
でも……。
だって……。
「樋口って、ほんっと困ったヤツだよな」
くくっと笑いながら、有村くんがそう言った瞬間。
わたしのからだの中で、なにかがパチンとはじけた。
「ほ、ほんとにありがとう！　じゃあ」
くるり、と有村くんに背をむけて、わたしは早足で教室のドアへむかう。
ドアをでて、にぎやかな廊下をぬけて、階段をあがる。
どこか、行き先があるわけじゃなく。
人が少ないほうへ、人が少ないほうへとからだが動く。
心の中に、たくさんの気持ちがあふれでてきて、心臓の音が速くなる。
わたし、有村くんのこと。

この前は、「見てるだけでじゅうぶん」なんて言ったけど。

やっぱり、見てるだけじゃ、やだ。

有村くんともっと仲よくなりたい。

ほのかちゃんよりも、ほかのだれよりも。

だって……大好きなんだもん。

大好き。

有村くんのことが、大好き。

大好き、大好き、と思うたび、足が、勝手に前へ前へと進んで、止まらない。


「メイ！　どうしたの!?」

人気のない、校舎の５階のろう下に、朱音ちゃんの声がひびく。

朱音ちゃん、心配して追いかけてきてくれたみたい。

わたしは振りかえって、朱音ちゃんを見る。

「朱音ちゃん……あの、ね」

心配しすぎてこわい顔になってる朱音ちゃんに、わたしは、わたしのはじめての恋の報告をする。
「わたし、やっぱり有村くんのことが好きみたい」って。

*

6月の席がえ。
有村くんのとなりの席になれますように。
有村くんのとなりの席になれますように。
心の中で2回となえて、くじを引く。
だけど、神様はいじわるだ。
有村くんのとなりの席になったのは、ほのかちゃん、だった。

夏～ほのか～

「げっ、有村のとなり～!?」

「『げっ』って言うな!!」

有村がつっこんで、あたしはにんまり笑っちゃう。

ほんとは、「げっ」なんて、ぜんぜん思ってない。

席がえで、有村のとなりってわかった瞬間、思ったもん。

「あ、6月は楽しい1か月になるな」って。

あたし、樋口ほのかと、有村拓海は、野球ファンとサッカーファンで言いあってばっか。

だけど、有村と言いあうのって、めちゃめちゃ楽しい。

有村と、こんなふうに話すようになったのは、5年生のころ、委員会でいっしょになって、サッカーと野球のどっちがおもしろいかって話になってから。

有村って、ほかの男子たちとは、ちょっとちがうんだよね。

クラスの男子たちは、カッコつけて女子に冷たい態度をとったり、逆に、まだ低学年なんじゃないかって思うくらいにバカなことばーっかりしてたりするんだけど。

有村は、そーゆーの、ぜんぜんない。

(まさか、となりの席になるなんて。こんなの、毎日ぜったい楽しいに決まってるじゃん！)

ラッキー♪　ラッキー♪　ま、あたしの日ごろのおこないがいいから、かな？

なぁんて、思ってたんだけど。

「ほのかって……、有村のこと、好きなの？」

「へっ!?」

親友のマリナからのいきなりの質問に、あたしは思わず立ちどまる。

放課後、いつものように亜矢とマリナとおしゃべりしながら下校していたときだった。

あたしが有村の話をすると、マリナがちょっとまじめな顔でそう言って、一瞬、びっくりしすぎてことばがでなかったけど。

「えぇぇぇ!! ちがう。好きとか、そんなんじゃないよ!」

と、マリナにむかって両手をブンブンふる。

「えー、ほんと? 私も、ほのちゃんは有村のこと好きなのかと思ってた」

亜矢が、びっくりしたような顔で言う。

背が小さくて、長くてサラサラの髪をおろしていて、おとなしそうに見えるのに気が強くてテキパキしている、マリナ。

背がスラリと高くて、ショートカットで、おだやかな性格なのになんでもうまくできちゃう亜矢。

見ためも性格もぜんぜんちがうふたりは、同じかんちがいをしてるみたい!

「好きとか、ないない!」

「ま、ならいいけど。ほのかが有村のこと好きなら、たいへんだと思ってさ」

「え、どういうこと？」

マリナのことばに、あたしが首をかしげると、ふたりは顔を見あわせて「はぁー」と大きなため息をつく。

「あのね、ほのちゃん。有村拓海がどういう男子か知ってる？」

亜矢にそう言われて、あたしは「うーん」と考える。

「えっと……、サッカーが好きで……、去年は5年3組で、図書委員会に入ってて」

「んなこと、どーでもいいわっっ！！！」

亜矢とマリナが声をそろえる。

「へっ」

目を白黒させるあたしの顔をのぞきこんで、マリナが言う。

「有村の顔、どう思う？」

「顔……」

顔、顔、と思いだして……うーん……。

「動物でいうと……、猫……よりは、犬？」

「「ちっが〜〜〜うっ！！！」」

これまた大きな声で亜矢とマリナが声をそろえ、ふたりは頭をかかえる。

そして、あたしに背をむけてこそこそ話をはじめた。

「こっちが真剣に話してるのに、猫とか犬とか、なに？」

「わからない。ほのかってば、天然ボケっていうか、トンチンカンっていうか」

「私たち、ほのちゃんの親友として、どうしてあげたらいいの？」

「なんだろ。マンガ貸すとか、いっしょにドラマ見るとか？」

「あー、それいいかも」

「キュンキュンするヤツね」

「そう！　もう、キュンキュンキューーン！！！　ってヤツね」

こそこそこそ。ひとしきり話したあと、ふたりはくるりとふりかえった。

そして、マリナがこわい顔で、言う。

「ほのか。このへんで、ハッキリしておいたほうがいいと思うから、よく聞いて」

「う、うん」

「『樋口ほのかは、恋愛偏差値が低すぎます！』」

「へ？」

思ってもみなかったふたりからのことばに、あたしはきょとんとしてしまう。

「だーかーらー。有村拓海は、うちの学年でいちばんの人気男子なんだよ」

「有村のこと好きな女子はたっくさんいるの！　それをほのちゃんはぜんっぜんわかってないでしょ」

うっ。

たしかに、「いちばん人気」とか、「有村拓海を好きな女子」とか、それはあんまり考えてなかった。けど。

「そんなの、あたしだって知ってるって！　5年の自然学校で好きな人の話になったとき、だれだったかな、有村を好きって言ってたし」

「それ、大野さんと三島さんね」

「たぶん、ほのか以外の女子はみんな誰が誰を好きって言ったか、おぼえてるよ」

「ほのちゃんが恋愛偏差値低いっていうのは、そーゆーとこ」

うっ。ううっ。

ふたりにビシバシ言われて、あたしはうろたえながらも反撃してみる。

「そんなことゆーけどさ。亜矢もマリナも好きな人いないじゃん。恋愛偏差値、低いんじゃないの〜？」

「それはそれ、これはこれ」

マリナは、あたしのうったえをすまし顔でバッサリと切りすてる。

えー、なんか、ずるい!!

その横で、亜矢がすこしまじめな顔であたしの顔をのぞきこんできた。

「とにかくね、私もマリナも、ほのちゃんのことが心配なの。ほのちゃん、有村とずっと楽しそうに話してるから、有村のこと好きな女子は、ほのちゃんに嫉妬するんじゃないかな、って」

「しっと……」

あまりなじみのない言葉だけど、なんだかドロっとした感じ。

そんなものが自分にむけられるかもしれないなんて、まだ実感がわかない。

「嫉妬するだけならいいけど、いやがらせとかさ、されたらムカつくじゃん」

ま、そんなことされたら私が倍返しにしてやるけどね、とマリナは笑う。

「そっか……わかった」

男子とか女子とか関係なく、気が合うだけなんだけどなー。

そういうのも、恋愛偏差値の高い女の子からしたら、ゆるせないことなのかな。

そう考えてすこししょんぼりしてしまったあたしに、亜矢は「でも」と言う。

「でもさ、ほのちゃんが有村のこと好きなんだったら話はべつだよ！」

「あ、そうそう！　ほのか、好きになってつきあっちゃえば、ずーっとおしゃべりしてても誰もなにも言えないはずだよ!!」

「つ、つきあう!?」

「「そう！」」

親友ふたりのいきおいに、あたしはタジタジだ。

「有村のこと、よく考えてね。告白するってなったら、私たち、せいいっぱい応援するからね！」

マリナがそう言った横で、亜矢も大きくうなずいてる。

「だから、好きとかじゃないんだってば〜〜〜！」

あたしの心の底からのさけびに、亜矢とマリナが笑って、あたしもなんだかおかしくなって笑った。

2

（あー、反省、反省）

昨日、あんなに亜矢とマリナから言われたのに。

あたしは今日も、有村と大盛りあがり！

（けど、有村が悪いんだもん。ずっと話しかけてくるからさー）

休み時間になるとずっとサッカーの話で、そのせいで、あたしは亜矢たちとトイレにいきそびれちゃって……、いま、めずらしくひとりでトイレにくることになっちゃった。

「はー」

個室をでて手を洗おうとしたところで、「樋口さん」とうしろから声をかけられた。

「ん……？」

ふりかえると、となりのクラスの女子5人が、横にならんでこっちを見ている。

見ているっていうか……、にらんでる？　話したこともない子たちなのに、なんで⁉

「えっと……、なに？」

おそるおそる聞いてみる、と。

「樋口さんってさぁ。有村くんと仲いいよね」

あー。口にはださないけれど、「きた‼」って思う。

それから、亜矢とマリナの、「だから言ったでしょ！」って顔が頭に浮かぶ。

それからそれから、「しっと」と「いやがらせ」ってことば。

このまま、トイレでボコボコになぐられている自分を想像しちゃって、さーっと顔が青くなっちゃいそう！

「えっ……、あたし……有村と、仲いいかな？　べつに、ふつうだと思うけど」

「ふつう、ね」

女の子たちは、よけいにこわい顔でこっちを見る。

も〜〜〜、こわいよぉぉぉぉ！

いや、でも待って。

あたし、弟とのケンカ、負けたことないんだよね。バトルマンガ好きだし。

5対1だけど、がんばれば勝てるかも!?

心の中でファイティングポーズをとるけど、目の前の女の子たちは気づかずに話しつづける。

「樋口さん、もしかして、有村くんのこと好きなの？」

「え。ぜんぜん」

「いっつも楽しそうに話してるけどさぁ。あれ、有村くん、迷惑してるんじゃないかな」

「へっ？」

「樋口さん、いっつもうれしそうに有村くんに話しかけてさー、なんか、見ててイライラするんだよね」

えええ。イライラするって……なんで⁉

ていうか、なんでそんなこと言われなきゃいけないんだーっ！

これが、しっと、っていうヤツだよね、きっと。

「えーっと……、それって、つまり……、みんな、有村のことが好きだから、有村と仲よくしないで、ってこと？」

おそるおそる、聞いてみると、女の子たちの顔がさらにこわーい顔になった。

「なにその言いかた」

「すっごくムカつくっ」

「調子に乗らないでよ！」

ひー！！！　怒らせちゃった。

「有村くん、ぜったい迷惑してるからさー」

「有村くんのために、これから、話しかけるのやめてくれる？」

ん？　んん⁇

なんか、それって変じゃない？

そんなこと、有村に聞かないとわからないじゃん。

今日だって、有村から話しかけてきたんだけど。

だいたい、どうしてこの子たちにそんなこと言われなきゃならないの!?

言いかえしたいけど……、また怒らせたらどうしようって思って、ことばがでない。

「わかった？」

「う、うーん……」

困っていたそのとき。

個室の中で、ジャーッと水を流す音が聞こえてきて、バンッと、個室の扉があいた。

中からでてきたのは……同じクラスの野田朱音ちゃんだ。

つづいて、となりの個室から、朱音ちゃんと仲よしの芽衣ちゃんがこわごわとでてくる。

「ちょっと、あんたたち！」

ジロリ、と朱音ちゃんににらまれて、女の子5人組は、ビクッとして、後ずさりした。

「自分が有村と仲よくできないからって、ほのかちゃんにこんなことするなんて、性格わるすぎ！　あんたらこそムカつくわ！　文句あるならウチに言いな！」

バン！　とトイレのドアをたたいて、仁王立ちする朱音ちゃん。

すると、女の子たちは朱音ちゃんのあまりの迫力に顔をひきつらせて、

「き、教室もどろっ。授業はじまる！」

「だねっ」

「と、トイレで盗み聞きなんて、サイテーだよね！」

「トイレ長すぎだよねっ」

なんて文句を言いながら、逃げるようにでていった。

「はんっ！　うるせーわっ」

朱音ちゃんがはき捨てるように言った横で、芽衣ちゃんが、泣きそうな顔をしてあたしを見あげてる。

「ほのかちゃん……、だいじょうぶ？」

「うん、だいじょうぶ……ありがとう、朱音ちゃん、芽衣ちゃん」

「ぜんぜん。ほんっと、やな感じ。ひとり対5人って、ひきょうすぎ。きっと、ほのかちゃんがひとりになるの、ずっと待ってたんだよ。サイテー。つぎこんなことしたら、覚

えてろよ……」

朱音ちゃんは、すっごくこわい顔でそう言ったあと、「あ！」と、表情を変えた。

「でー……、ついでだから、ほのかちゃんに、いっこ聞きたいんだけど」

「なに？」

「ほのかちゃんって、ほんとうに有村のこと好きじゃないの？」

あたしは、首をブンブン横にふる。

「もー、朱音ちゃんまで！　好きじゃない！　好きとか、ぜんっぜん、100パーセントない！」

あたしがそう言うと、朱音ちゃんはにこーっと笑って、「それなら、いいんだ」と満足そうにうなずいた。

え、まさか、朱音ちゃんも有村のこと、好きなの!?

有村って……すごいな。ほんとに女子に大人気じゃん！

でも、あたしが、有村のこと好きなんて、ありえない!!

そう思っていたのに。

運動会の日、あたしは、有村拓海に、生まれてはじめての恋をする。

6月10日。

空が青くて、でもそんなに暑くなくて、最高の運動会びより！

午前中は、低学年の子の競技が多くて。

あたしは、競技が終わるたびに点数を確認して、よろこんだりがっかりしたり。

うちの学校の運動会は、「赤組」と「白組」じゃなくて、「1組」「2組」「3組」「4組」って、各学年の同じ組がひとつのチームになって優勝をあらそうんだ。

つまり、あたしたち6年2組は、「2組」。

1年2組から5年2組までと同じチームってわけ。

で、どこが優勝するかは、6年生の力にかかっている、って言われてて。

6年生は、責任重大！　なんだ。

「よおっしゃー！！！！」

3組の女子からうばった赤い帽子を、あたしは高くかかげる。

反対の手には、1組の女子からうばった帽子が1枚。

プログラム12番。

女子の団体騎馬戦ははじまったばかりなのに、あたしはもう2枚も帽子をうばった。

「ほのか、すごいっ！」

馬役のひとり、右うしろ担当のマリナが興奮ぎみにあたしを見あげる。

「ほのかちゃん、うまい！」

「ほんと！　ほのかちゃん、才能あるよ！　騎馬戦の天才かも!!」

「えー、そっかなー？？？？」

前担当と、左うしろ担当の子たちにもほめられて、気分はサイコー！

「騎馬戦の才能って……世の中にそんな役に立たない才能、ある？」

ぼそり、とマリナが小さな声でツッコミを入れてるけど、気にしないもん。

「さ、つぎ、いくぞ〰〰〰〰〰！」

あたしが、はりきった声をあげて、馬役の子たちが前へ進もうとした、そのときだった。

「ぎゃっ！！？」

急にすずしくなった頭に、思わず両手を当てる。

帽子が、ない！！！

ふりかえると、3組の女子が、ニヤリ、と笑ってあたしの帽子をヒラヒラとゆらしていた。


（くやしい、くやしい、くやし〰〰〰〰〰！）

昼休みが終わって、午後の部。

6年2組が座っている席からトラックをはさんで真正面の朝礼台のむこうに立てられた各組の得点板。

5年生のリレーが終わって、いま、その数字がはりかえられて……、2組は1位から2位に落ちてしまった。1位は、1組だ。

「うわー、何点差？」

「えっと、20点」

「えー、ってことは？」

「6年の選抜リレーで勝ったほうが優勝、だな」

クラスメイトたちが興奮して立ちあがり、ぺちゃくちゃとおしゃべりする中、あたしは騎馬戦のショックから立ちなおれないでいる。

「ううう。あたしのバカ……」

ほんとなら、あと4枚くらいは帽子をうばえたはずなのに～！

なんていったって、あたしには騎馬戦の才能があるんだから。

それなのに、うしろから近づいてきた敵に気づかないなんて……。

うしろに気をつける、なんて、団体戦の基本の基本の基本なのに!!

「樋口、どうした？　気分わるいのか？」

名前を呼ばれて顔をあげると、有村が心配そうにこっちを見ている。

「あ、ぜんぜんだいじょうぶ！　ちょっと……つかれただけ」

「あー、つかれたよなー」

「招集係」としてあっちにいったりこっちにいったり忙しい有村は、あたしの騎馬戦での
ミスを知らないようだ。

そのことに、あたしはちょっとほっとする。

あんなマヌケな失敗、できればだれにも知られたくない！

「優勝、できるかな？」

あたしが得点板に目をやると、有村も同じほうを見る。

「お、いま、20点差か」

「うん」

あたしが帽子を取られなくて、逆にあと2枚帽子をうばってたら、10点差だったはずな
のに……。くやしい！

「優勝、したいなー」

思わずつぶやくと、有村が大きくうなずく。

「最後の運動会だもんな……。ま、オレらにまかせとけって！」

「そっか、有村、リレーでるんだよね。がんばって！」

「りょうかい！　だから、樋口は、お茶飲んでゆっくりしな。熱中症になったら最悪だぞ」

「う。わかった」

あたしがうなずくと、有村も笑ってうなずく。

有村ってば、自信満々じゃん。

そんなこと言われたら、優勝できるかもって期待しちゃうよ？

「よし、じゃ、いくか。……お〜い、選抜リレーにでるヤツ、そろそろ入場門前に集合！」

有村の声かけで、男子がふたりと女子が3人、戦いにいく戦士のように歩きだして、リレーにでないあたしたちは、がんばれ、と送りだす。

あたしはゆっくりお茶を飲んで、ほうっと一息つく。

そして、校庭の真ん中を見る。

ついに、運命の選抜リレーがはじまる……！

『プログラム22番。6年生による、選抜リレー、選手入場です！』

放送係のアナウンスのあと、音楽が鳴って、クラスの色のゼッケンとハチマキをつけたリレー選手たちが走って入場して、朝礼台側とその反対側にわかれて止まる。

うちの小学校の校庭のトラックは1周200メートル。

高学年の選抜リレーは、各クラスの足が速い男女6人が交代でトラックを半周ずつ走って、最後のひとりだけは1周走ってゴールするんだ。

「位置について。ようい」

バン！　と大きな音がひびいて、わぁっという歓声の中で4人の女の子が走りだす。

「がんばれ！　がんばれ！」

朝礼台側からスタートした女の子たちにむかって、みんな立ちあがって応援する。

順番は……赤、青、黄色、白。でも、ほとんど変わらない。

「高田さん、がんばれっっ」

あたしはうちのクラスの青いゼッケンをつけた高田果穂ちゃんにむかって声援をおくる。

「はやいっ！　高田さん、2番だ！」

高田さんがつぎの走者の男子にバトンをわたして、あたしたちは、きゃぁっとよろこんでハイタッチしあう。

「田中、がんばれっ！」

第2走者の田中は、クラスでいちばん背が高い男子。

「田中、いけるっ！」

「もう少し、もう少し！　……あ～～～」

あと数メートルあればぬかせたかもしれないのに！

順番は変わらず、赤、青、黄色、白のまま、バトンは第3走者の筒井夕夏ちゃんにわたった。

「がんばれっ、がんばれっ！　……あ」

夕夏ちゃんのうしろの白いゼッケンの子を見て、あたしは思わず苦い顔になっちゃう。

この前、トイレで話しかけてきた5人組のひとり、木下さんだ。

(夕夏ちゃん、がんばって！　いじわる女子なんて、こけちゃえ！)

そう思ったけど、木下さんが必死の顔で走ってるのを見たら、なんだか、悪い子じゃないのかも……って思っちゃう。

こけちゃえ！　って思うのはダメだよね、うん。

でも……、夕夏ちゃん、ぜったい負けないで！

「あ〜〜〜」

木下さんが、夕夏ちゃんにほぼならんだ。

「筒井っ！」

「夕夏ちゃんっ！」

「よしっ！」

夕夏ちゃんはギリギリで2位を守って、つぎの走者、牧野にバトンをわたす。

「牧野、がんばれ〜!!」

2組が2番なのはかわらないけど、白いゼッケンの男子は、牧野のすぐうしろ、だ。

「うわ、はやっ」

「だめだ、1組にぬかれるな!!」

いつもはふざけてばかりの牧野だけど、今日は超真剣！

ぬかされる？　ぬかされない？

みんながかたずをのんで見まもる中、バトンは第5走者の野田朱音ちゃんへ……。

「あ――――！！！」

うちのクラスからは絶叫が、1組からは歓声があがる。

朱音ちゃんへのバトンパスがうまくいかなくて、バトンが地面に落ちちゃった。

「サイアク‼」

先頭は赤。2番目は白。少し離れて青いゼッケンの朱音ちゃん、そのうしろを黄色。

もうだめだ、ってみんな思っちゃって、2組の応援の声が小さくなった、けど。

「朱音ちゃん、がんばってっ！」

朱音ちゃんと仲よしの芽衣ちゃんが大きな声でさけぶ。

おとなしい芽衣ちゃんが、めずらしい。

「朱音、がんばれ！」

「野田さん、がんばれっ！」

芽衣ちゃんにつられて、ほかの女子も声援を送る。

朱音ちゃんはミニバスのキャプテンもしていて、クラスの女子でいちばん足がはやい。

この前、トイレであたしを守ってくれたみたいに、すっごくたよりになるし。

でも、ほかのクラスもはやい子ばっかりだ。

最終走者、アンカーが、位置につく。

6年2組のアンカーは、有村。

つまり、2組が優勝できるかどうかは、有村にかかっている。

(こんな中でアンカーなんて、ぜったい緊張しちゃうよぉ……)

あたしは心配して有村を見たけど、有村はいつもと変わらない顔で、第5走者の女子たちを見ている。

朱音ちゃんが、前を走るふたりとの距離をすこしだけちぢめてむかってくる。

有村は、ふぅっと小さく息をはいて、バトンを受ける体勢をととのえる。

朱音ちゃんがいきおいよくテイク・オーバー・ゾーンに入りこんできて手を大きくのばして。

走りだした有村は、バトンといっしょに朱音ちゃんのいきおいを受けとって走りだす。

バトンパス、成功。

「拓海、がんばれぇえ！」

「有村、がんばって――っ!!」

声援に押されるように、有村は前へ前へと進む。

「はやい……」

「はやい！　はやい！」

有村が走るにつれ、６年２組の応援の声はどんどん大きくなっていく。

「ぬいた!!」

ずいぶん離れていたのに、トラックのふたつ目のカーブを曲がったところで、有村が白いゼッケンの男子を追いぬく。

「すごい!!」

あたしは、気がつくと顔の前でぎゅっと両手を組んでいた。

あと半周。

赤いゼッケンの男子と有村との間は、どんどんちぢまっていく。

「あとひとり！　あとひとり！」

「4組もぬいちゃえ！」

2組がもりあがると、

「浜野、ぬかれるな！」

「あとすこし、がんばれー!!」

と4組の応援もヒートアップする。

2組と4組、それぞれの期待をせおったふたりの男子が、白いゴールテープを目指して
必死で走って、ついに、最後のカーブで……ならんだ！

ゴールまで、あと15メートル……10メートル……

（がんばれっ！）

心の中で強く願ったその瞬間。

ぐいっと有村が1歩前へでた。

（あっ）

クラス中が息をのんで、一瞬、静かになる。

4組の男子が、有村に追いつこうとする。

有村はよりいっそう大きく腕をふって、足をあげる。

そして、4組の男子に体ひとつぶんほどの差をつけて……、白いゴールテープを切った。

うわぁぁぁぁぁぁあっ！

悲鳴のような歓声があがって、校庭は興奮につつまれる。

全力をだしきって、ゴールしたのと同時にしゃがみこんで荒い息をしている有村に、リレーにでてた子たちが駆けよる。みんな、最高の笑顔！

6年2組のクラスメイトたちも、緊張がとけて、大盛りあがりで勝利をよろこんでる。

そんなお祭りみたいな雰囲気の中にいて、あたしはまだ手を組んだまま、心臓をバクバクさせている。

何度も、何度も、頭の中に有村が走る姿が浮かんでくる。

バトンを受けとるまえ、ふぅっと息をはいたところ。

バトンパスで、ふりかえりながら朱音ちゃんを見ていたときの顔。

白いゼッケンの男子をぬいたときの背中。

ぐいっと4組の男子を突きはなしたときの、右腕と太もも。

それから、胸を張ってゴールしたときの横顔。

ぜんぶ、自分でもびっくりしちゃうくらい、はっきりと思いだせる。

そして、もうリレーは終わったのに、走ってる有村の姿を思いうかべると、心臓のバクバクがどんどん大きくなっていく。

(おちつけ、おちつけ……もう勝ったんだから、ドキドキしなくていいの!)

あたしは自分に言いきかせる。

（2組、優勝じゃん。やった！）

これ以上、心臓がバクバクしたら、体に悪いんじゃないかって思って、あたしは有村以外のことを考えようとする。

リレーの選手たちを見ると、しゃがみこんでいた有村もいつの間にか立ちあがっていて、クラスメイトたちの声援にこたえてる。

（高田さんも朱音ちゃんも夕夏ちゃんもすごかった。田中と牧野も……牧野はちょっとバトン落としちゃったけど、でもがんばってた）

それぞれの顔を見て、みんなすごかった、って思う。

（それから、有村は……）

あたしが有村を見ると、ちょうど有村もあたしを見て、バチリと目が合った。

そして、有村はあたしにむかって、ニヤリと笑ってピースサインをした。

（うわっ）

あたしの心臓は、バクバクをこえて、ぎゅうっとつかまれたようになる。息ができない。

どうして、こんなことになってるんだろう。

（なんか、これって、まさか……）

あたしは、苦しい、と思いながら、有村にむかって大きくうなずいた。

（うーん、ベトベトするなぁ……）

運動会から1週間。

昨日、「有村のこと、好きかも」って、親友のマリナと亜矢に報告したら、ふたりともはりきっちゃって。

さっき、1時間目が終わったあとの休み時間に、マリナがあたしのくちびるに色付きリップをぬってくれたんだ。

となりの席の有村は、前の席の男子とおしゃべりしてる。

（有村、この顔見たら、なんて言うかな？）

いつもとちがうって、気づくかな？

もしかして、かわいい、って思ってくれるかな？

まさか、ヘンって言われたりして。

（ドキドキしてきたー……）

つぎの授業がはじまるまで、あと1分しかない。

どうしよう、と思ってたら、有村と話していた男子が前をむいた。

ちらりとマリナのほうを見ると、マリナが、「話しかけて！」と手で合図してくる。

うー、わかってるって！

ふう、と息をはいて、「ありむら」と小さな声をだす。

「ん？」

有村がまっすぐあたしの目を見る。

目じゃなくて、くちびる！　くちびるを見て！

口をパクパクさせてみるけど、有村はぜんぜん気づいてない感じ。

「どうした？」

「えっとー……、つぎ、なんの授業だっけ？」

「へっ？　国語だろ」

有村が、あきれた顔で教室の前に貼ってある時間割を指さす。

「あー……、そうだった、そうだった。ごめん」

てへ、と笑ってごまかす。

「つたく、樋口は」

有村がそう言って笑う。

ちがう！　そうじゃなくて！

「なんか、さー……。くちびる……。そうだ、有村の好きな惣田選手ってさ、くちびるがかわいいよね」

「お！　ついに樋口もサッカーに興味がでてきたか？」

有村が、うれしそうな顔をする。

「いや、ぜんぜん。あたしの野球愛は富士山よりも高いからさ」

「なんだそれ。だいたい、惣田ってすごい選手だからな。くちびるとかどーでもいいし！ま、野球好きの樋口にはわからないだろうけど」

「……昨日も負けてたね、サッカー日本代表。惣田選手もでてたのに、1点も取れなかったみたいだね」

「だ──っ！！　だから、そういうこと言うなって！！！　そっちこそ、樋口の好きなチーム、3連敗ってプロ野球のニュースで見たぞ」

「うっ……。でも、3連敗しても、まだ4位だもん！」

「投手陣がぜんぜんダメだよな〜。このままだと、最下位まで落ちるのも時間の問題だな」

「もー!!　そんなのあたしがいちばん思ってるから、言わないでよっ！」

あたしは両手で耳をふさぐ。

そんなあたしを見て、有村がケラケラ笑うから、あたしも笑っちゃう。

やっぱ、楽しいな、有村と話すの。

だけど……、いつになったら、サッカーと野球以外の話ができるんだろう？

あたしは、ピンク色のくちびるに気づいてほしくて、話しつづける。

「ったく！　なにやってんの！　サッカーとか野球とか、関係ない話ばっかしちゃって！」

「だってー……」

２時間目のあとの休み時間。

マリナが宿題をさぼったときのお母さんみたいな顔でにらんでくる。

「まぁまぁ。有村とほのちゃん、仲よしだもんね。いきなり、恋愛モード‼　なんて、なれないよね、そりゃ」

「あや〜〜〜〜〜〜〜！」

「で、有村のことなんだけど」

やさしい亜矢は、あたしをフォローしてくれたあと、周りをキョロキョロ見て、近くにだれもいないのを確認してから、声をひそめた。

あたしとマリナは、亜矢に顔を近づける。

「昨日の放課後練習のとき、果穂に聞いたんだけど、有村に好きな女の子がいるかどうかはわからないって。どんなタイプが好きかも知らないって」

果穂、っていうのは、同じクラスの高田果穂ちゃん。

有村と高田さんは幼稚園からの幼なじみらしくて、親同士も仲がいいんだって。

で、高田さんとミニバス仲間の亜矢が、あたしのために有村のことを聞いてくれたんだ。

「まー、そりゃそうか。いくら幼なじみでも、好きな子の話とかしないかー」

マリナが、がっかりしたように言う。

「幼なじみっていっても、高学年になってからは、学校以外ではほとんど会ってないんだって。だけど、受験のことはちょっとわかったよ！　有村のお兄ちゃんが正徳学院に通ってるから、有村もたぶんそこを受けると思うって」

ちらり、と教室のうしろで友だちとおしゃべりしてる高田さんを見る。

ショートカットで、足が長いからジーンズがよくにあってて、クールな感じ。

有村と幼なじみなんて、うらやましすぎる……。

「なんかさ、うちの学校って、カップル少ないよね～。このクラスなんてカップルいないし。私のいとこ、同い年だけど、クラスの女子の半分は彼氏いるって言ってた！」

マリナがそう言って、あたしと亜矢は「ええええ！」とさけんで顔を見あわせる。

あたしと同じ、小6の子が、当たり前につきあったりしてるんだー……。

有村のことは好きだけど、「つきあう」なんて……考えてなかった。

「たぶん、ほのかも、もし身近にカップルがたくさんいたら、もっと『彼氏ほしい』とか『ラブラブな会話がしたい！』って気持ちになると思うんだけどね」

「あー、それはそうかも」

マリナの言葉に、亜矢がうなずく。

「だって、私から見たら、有村とほのか、すごくいい感じで、つきあったらぜったいうまくいく、って思う」

「え、そう？」

もし、有村とつきあったら、どんな感じだろう。

いっしょに帰ったり、休みの日に遊びにいったり、とか？

デートってやつ⁉

うわ、すっごく楽しそう！

想像するだけでニヤニヤしちゃうよ。

教室の真ん中で、男子たちと楽しそうに話してる有村を見る。

有村は……女子とつきあいたいとか考えたこと、あるかな？

ババぬきでトランプを選ぶときみたいに、目を細めて、じーっと見てみるけど、有村の心の中はぜんぜん見えなかった。

（夏休みに入るのが、こんなにイヤなんてはじめて……）

1学期の終業式が終わって。

脱いだ上履きを袋に入れて、校舎の外にでて、グラウンドで遊んでる低学年の子たちをながめる。

「1年生、かわいいね」

「ほんと、夏休み、うれしいんだろうね。私もうれしいけど」

マリナと亜矢がそう言って笑う。

あたしだって、お母さんに通知表を見せるのはゆううつだけど、夏休みはうれしい！

いつもなら。

でも、うちの学校は、登校日っていうのがないから、夏休みの間、学校にはこない。

つまり、40日間、有村に会えない。

（はぁ）

夏休みが終わったら、2学期。卒業まで、半年くらいしかない。

有村は私立の中学校にいくだろうから、仲よしのクラスメイトでいられるのはあと半年。

半年って、長いけど、長いけど、長くない。

（あと半年したら、離れ離れだ……）

そう考えたら、胸がきゅーっと苦しくなる。

夏休みの40日間だけでもこんなにさみしいのに、もう会えなくなるかもしれないなんて、考えられない。

「仲よしのクラスメイト」から、「彼女」になれたら……いっしょにいられるのかな。

そのためには、「好き」って伝えないと……。

だけど、あたしが告白したら、有村はなんて言うんだろう。

びっくりする？　大爆笑？　それとも、ドン引き⁇

「あ、ほのか。ほら、有村」

マリナが、小さな声でそう教えてくれる。

校舎からでて校門にむかう有村の背中。

「有村！」

思わず名前を呼んでしまって、有村が振りかえる。

有村が、きょとんとした顔をしているのを見て、つぎに言うことを考えてなかったあたしはあわてる。

「えっと……、サッカー！　夏休みの間に、見てみる！」

あたしがそう言うと、有村はにかっと笑ってうなずく。

「ああ！　ぜったい見ろよ！　じゃあな！」

「また、２学期にね！」

有村は右手を振って、それからこっちに背をむけて、歩きだす。

まだ……、もっと話してたいのに。
話すこと、いまは思い浮かばないけど、有村とだったらずっと話してられるのに。
もう一回、こっち見てくれないかな。
(ふりかえれ。ふりかえれ、ふりかえれ)
魔法使いの呪文みたいに3回となえて。
でも、有村はあたしに背をむけたまま、遠ざかっていく。
(やっぱ、無理だ……)
マリナはいい感じだって言ってくれたけど、ぜんぜんだよ。
あたしは、有村に会えないのがこんなにさみしいけど、有村はぜんぜん。
あたしは有村のことが好きだけど、有村はあたしのこと、好きじゃない、きっと。
心が、またきゅーっと苦しくなる。
有村と話すのはすごく楽しいけど。
仲がいい、だけじゃ、もういやだ。
楽しいだけじゃ、もう足りない。

有村の特別な女の子になりたい。
夏休みでも、学校にいかなくても会える、特別な女の子に。

そのとき、ふと思った。
高田さんは、いいな。
幼なじみ、なんていう、すごく特別な関係で。
夏休みだって、会おうと思えば会えるんじゃないかな。
クラスメイトは、1年間限定だけど、幼なじみは一生ものだ。
「ほんとうに、うらやましい……」
ぼそっとつぶやいたことばは、グラウンドの歓声にかき消された。

「まさか、また有村ととなりの席なんて、びっくり！」

「だな。今度は窓際っていうのもいいよな！」

「言えてる！」

前の席のふたり、拓海と樋口ほのかちゃんの会話を聞きながら、私は教科書を机でトントンとまとめて下校準備をする。

拓海と樋口さんは、仲がいい。それに、縁もあるみたい。

だって、夏休み前の1か月半もとなり同士だったのに、夏休みが終わってすぐの席がえでも、となり同士になるなんて。これって、なかなかの確率だと思うんだけど。

ちらり、と、左ななめ前に座っている幼なじみのうしろ姿をながめる。

2学期がはじまる前に髪を切ったみたいで、うしろがすっきりと短く刈りあげられてる。

日に焼けた首のうしろは、なんだかすっごく男子っぽい。

(拓海、今年の夏休みは塾ばっかりかと思ってたけど、海とかプールもいったのかな)

茶色い肌に、海の湿り気が残っているみたいだ、とドキッとして、あわてて目をそらす。

ちょうどそのとき、拓海が急に振りかえって、私の顔を見た。

「うしろは小田と果穂か。果穂がいっしょの班なら安心だ」

もう、バカ。

果穂って呼ばないでって言ってるのに。苗字で呼んでよ。

ちらっと樋口さんのほうを見ると、いつもの元気な笑顔が、すこし曇ってる。

樋口さんって、わかりやすい。

拓海のこと、好きだよね、ぜったい。

好きな男子が、自分以外の女子と親しそうにしてるのなんて、見たくないよね。

「べつに、班なんてどうでもいいじゃん」

私は、できるだけそっけなく言って、ぷいと横を見る。

「なんだよ、冷たいなぁ」

拓海がそう言って笑うけど、ムシ。

だいじょうぶだよ、樋口さん。

私と拓海の関係は「となり」じゃない。

私はいつも、拓海の「ななめうしろ」だから。


私、高田果穂と有村拓海は幼稚園からの幼なじみ。

拓海にはふたつ上のお兄ちゃんがいて、私にはお姉ちゃんと妹がいるんだけど。

拓海のお兄ちゃんとうちのお姉ちゃんが幼稚園で同じクラスになってから、お母さん同士が仲よくなったらしくて。

私が物心ついたときには、拓海はいつもそばにいる、弟みたいな存在だった。

幼稚園のころの拓海は、大人しくてすぐ泣く男の子で、拓海のお母さんに「果穂ちゃん、拓海のこと、よろしくね！」っていっつも言われてたんだ、私。

私も、拓海のことを守るのが自分の役目だって思ってたし。でも。

（いつのまに、こんなことになっちゃったんだろう）

気がついたときには、背の高さも、50メートル走のタイムも、算数のテストの点数も、ぜんぶぬかされてた。

そして、拓海は学校の人気者になっていた。

頭がよくて、運動神経もよくて、顔も性格もいいモテ男子として。

いまだって、席がえで拓海のとなりになりたいって思ってた女の子たちが、拓海と樋口さんのほうを気にしてるのが伝わってくる。

廊下側のいちばん前の席になった小野芽衣ちゃんなんて、泣きそうな顔でチラチラとふりかえって拓海のこと見てる。

小野さんって、すごく大人しい子で。

大人しい子は、そのぶん、顔にたくさんのことがあらわれる。

（やっぱ、小野さんも拓海のこと好きなのかも。どんだけモテるんだ、コイツ）

小3くらいから、拓海は中学受験で忙しくなって、学校以外で会うこともなくなったし。

もう、小さいころみたいに私が拓海を助けてあげられることなんて、ない。

(なのに、「果穂がいっしょの班なら安心だ」ってなに？　どういう意味？)

私は、拓海が言った言葉を頭の中で何度もくりかえしてしまう。

(だめだ、考えるの、やめよう！)

どうせ、拓海のことだから、とくに意味なんてないんだ。

それから、拓海が話しかけてきても、できるかぎりそっけなく答えよう。

そう決意して、私はまっすぐ前を見る。

私、わかってる。

水がギリギリまで入ったコップみたいに、あと少し、ちょっとでも拓海のいいところを見つけてしまったら、私はほんとうに拓海のことを好きになってしまう、って。

だけど、と思って、私はまた小野さんを見る。

負けずぎらいな私は、拓海のことをあんな目で見たくない。

拓海に恋してるたくさんの女の子の中のひとりになるくらいなら、愛想の悪い幼なじみでいい。そのほうが、まだマシ。

だって、私も、樋口さんも、小野さんも、ほかの女の子たちも。

いくら拓海のことを好きになっても、その恋は、きっとかなわない。

だから、私は拓海を好きにならない。ぜったい。


「果穂！　ちょっと、ちょっと」

放課後、吹奏楽の練習がある祐奈ちゃんと、委員会の掃除当番のユリちゃんと別れて、ひとりで校舎をでたとき、拓海がうしろから追いかけてきた。

「なに？」

「あのさー、ちょっとたのみがあって……」

たのみ？

「ま、歩きながら話そーぜ！」

歩きながらって……。私はまわりを見まわす。だれも見てないかな？

拓海のこと好きな女の子たちに、へんなカンちがいされるのはゴメンだ。

「で、たのみって？」

「誰にも言わないって約束できるか？」

「そんなの、話の内容によるけど」

「それじゃ、困るんだよなー。これは、トップシークレットなんだ」

「……わかった。とりあえず、言ってみて」

「あのな、実は、田中が水沢のこと、好きなんだって」

え！　田中が、ユリちゃんのことを!?

拓海は、うんうんとうなずく。

「で、田中は水沢ともっと仲よくなりたいっぽいんだけど、あいつ、あんな感じだからさ。だから、ここは親友として、オレががんばらないと！　って思って」

水沢ユリちゃんは、クラスでいちばん背が低くて、明るくて元気な子。

田中は、クラスでいちばん背が高くて、どっちかっていうと大人しいタイプ。

田中がユリちゃんを好きなんて……なんか意外。

「今度の修学旅行さ、チャンスだと思うんだ。だから、田中と水沢が仲よくなれるように、協力してくれないか？」

たのむ、と、拓海が顔の前で手をパンっとあわせる。

「まぁ……べつにいいけど」

「やった！　ありがとう！」

大喜びする拓海に、私はあきれてしまう。

喜ぶのはまだ早いって。うまくいくかわからないんだから。

だけど、拓海にたよりにされるのなんて、いつぶりだろう。

「あ。そういえば」

もうユリちゃんと田中がカップルになったみたいに、のんきな顔をしていた拓海が、思いだしたように言う。

「オレ、この前、菜穂ちゃんに会ったよ」

「え、お姉ちゃんに？　いつ？」

「あれ、菜穂ちゃん、言ってなかった？　オレが塾いくとき、バスの中で。菜穂ちゃんは友だちと映画を見にいくって言ってた」

「へぇ……。もしかして、ピンクのワンピースを着てた日？」

「あー、そうそう。ピンクの服着てた」

……あの日だ。

あの日、帰ってきたお姉ちゃんは、興奮してたくさんのことを話してくれたけど、拓海の話なんて1ミリもでなかった。

（ほんと、のんきなんだから……）

バスの中で、にこにことうれしそうに話す拓海を想像して、私は拓海に気づかれないようにそっとため息をついた。

（そりゃあ、田中も好きになるはずだよ）
前を歩くユリちゃんを見て、思わず心の中でつぶやく。
修学旅行の２日目。

昨日、なかなか眠れなかった私は、あくびをガマンしながらホテルの部屋をでて、バスにむかっている。

旅行用の大きなピンク色のカバンを右肩にかけたユリちゃんは、いつも以上に小さく見えて、かわいい。

（やっぱ、かわいい女の子の色だよね、ピンクって）

私の持ち物には、ほとんどピンク色がない。

うちでは、「ピンク色＝お姉ちゃんの色」だから。

私が、そのことに気づいたのは、幼稚園の年長さんのころだった。

拓海の家族が旅行にいって、私たち三姉妹におみやげを買ってきてくれたとき。

拓海が手わたしてくれたおみやげの袋がすごくかわいくて、まるで絵本で見たお姫さまのドレスみたいなピンク色だった。

袋には、「なほちゃんへ」「かほちゃんへ」「りほちゃんへ」と拓海の字で書いてあって、仲よしの拓海からおみやげをもらった私はすごくうれしくて、ワクワクしながら袋をあけて。

袋の中からでてきたのは、水色のタオルハンカチだった。

ハンカチの周りには少しだけ濃い水色のレースがついていて、宝石みたいな水色のビーズが縫いつけてあって、すごくかわいかったんだけど。

となりで袋をあけたお姉ちゃんを見ると、私がもらったのと同じデザインで色がピンク色のハンカチをうれしそうに見ていた。

お姉ちゃんのピンク色のハンカチは、すごくすごくかわいくて。

(わたし、そっちがいい。ピンクがいい)

そう思ったけど、言えなかった。

だって、妹の莉穂は、黄色のハンカチをもらってうれしそうにしている。

妹が文句を言わないのに、お姉ちゃんの私が「ピンクがいい」なんて、はずかしい。

でも、それよりもっと大きな理由。

それは、自分より、お姉ちゃんのほうがピンクがにあうから。

そのとき、気づいた。

うちでは、タオルとか、歯ブラシとか、だれの物かわからなくなりそうなものは、お姉ちゃんはピンク、私は水色、莉穂は黄色で色分けしている。

それは、たまたまじゃないんだ、って。

人には、それぞれにあう色とにあわない色っていうのがあって。

ピンク色はお姉ちゃんの色で、私は水色なんだ、って。

そして、うちの中だけじゃなくて、拓海とか、拓海のお母さんとかから見ても、自分はピンクじゃなくて水色の女の子なんだ、って。

そのときのことを思いだすと、いまでも胸がチクッと痛む。

（べつにピンクが好きってわけじゃないんだけど）

あたりまえのように、ピンク色の持ち物が多いお姉ちゃんを見ると、心がザワザワする。

（ユリちゃんがピンクにあってても、なにも思わないのになー。どうしてお姉ちゃんだけ）

どうして、と思いながら、私には、その理由に心当たりがありすぎる。

修学旅行2日目の今日は、朝からテーマパークで班ごとに自由行動の日。

ユリちゃんと祐奈ちゃんと写真をたくさん撮りながら、私はちらりと同じ班の男子たちのほうを見る。

どうにか、拓海たちといっしょの班になったけど……さて、どうする？

ユリちゃんが田中のことどう思ってるのかさぐってみたけど、べつにキライではないみたい。

（あとは、班行動で、ユリちゃんと田中が少しでも仲よくなれるように……）

頭の中はそのことでいっぱい。

だけど、アトラクションに乗るときも、男子は男子、女子は女子、でかたまってしまう。

でも、チャンスは３つ目のアトラクションでおとずれた。

「ふたり乗りだね」

入り口においてある乗り物を見て、ユリちゃんがポツリとつぶやく。

「誰と誰がいっしょに乗る？」

ちらっと拓海の顔を見ると、拓海は、なにか言わなくちゃと考えてるのか、上をむいて目をパチパチさせている。もう！　役立たず‼

「……ちょうど、男女３人ずつだから、男子と女子でペアで乗るのはどうかな」

私は、できるだけさりげない調子でそう提案してみる。

「あ、それ、いいじゃん!!」

すぐさま、拓海はそう言って、「よく言ってくれた!」「サンキュ!」と目で合図してくる。

(うざっっっ)

私は拓海を無視して、女の子ふたりに「どうかな?」と問いかける。

ユリちゃんと祐奈ちゃんが「いいね」とうなずいてくれて、私はほっと胸をなでおろす。

「じゃ、ぐっちょっぱ、する?」

「せ~の、ぐっちょっぱーで、ほい!」

(あのとき、グーかパーをだしておけば)

後悔するけど、もうおそい。

「果穂、右と左、どっち乗る?」

のんきな拓海の声に、「どっちでもいい」と答える。

（そんなことより……暗すぎない？）

室内型のアトラクションは、うす暗い中を進むものが多くて、いつもならその暗さにワクワクするのに、いまは不安しかない。

拓海の前で、弱いところは見せたくない。私らしく、しっかり者でいたい。

「田中、だいじょうぶかなー」

宇宙船みたいな、カプセル形のライドに乗りこみながらも、拓海は親友を心配してる。

ぐっちょっぱでのペア分けは、なんと一回で決まって、田中は無事に片思いの相手のユリちゃんとペアになることができた。

たしかに田中は、かなり緊張した表情をしてた、けど。

でも、田中だけじゃなく、牧野もユリちゃんも祐奈ちゃんも、みんなちょっとは緊張していると思う。男女ペアで乗るなんて、みんなはじめてじゃないかな？

緊張感ゼロなのは、拓海だけ。それがちょっとくやしい。

ライドが走りだすと、あたりはもうまっ暗闇。

（うわっ）

いきなり右から青色のエイリアンがあらわれる。

「果穂、ボタン！」

「えっ。あ！」

拓海に言われるまま、ライドの前についている赤いボタンをババババッと押す。

その左で、拓海は、拓海と私の間にあるレバーをこまかく動かしている。

レバーを動かすとライドについている銃のむきがかわって、ボタンを押すと、銃から光線がでて、エイリアンを攻撃できるみたい。

私たちの攻撃をうけて、ぎゃぁ、と苦しそうな声をあげて逃げていくエイリアン。

「やった！」

ライドの前に表示されている赤いデジタル文字が、「0」から「40」にかわる。

これが、青色のエイリアンをたおした点数ってことか。

「ぎゃぁぁぁぁ！」

今度は上から小さな黒いエイリアンがたくさん降ってきて……、なんだかゴキブリみたいな動きで、思わず悲鳴をあげながら、必死でボタンを押す。

「げ。気持ちわるっ」

拓海は、そう言いながらも、目をかがやかせてエイリアンに攻撃をしかける。

拓海はゲームの才能もあるみたいで、レバーを器用にすばやく動かして、絶妙のタイミングでボタンを押す。

デジタル文字は、「525」と表示されている。

「これ、何点くらいとったらいいのかな？」

「さぁ？　けど、けっこうがんばってるよな、オレら」

「だよね……あ、またきたっっ！」

楽しい！！！

なんだか、小さいころに夢中になってやっていたゲームみたい。

そう思った瞬間。

「なんかこれ、昔オレらがハマってたゲームに似てるな」

と、拓海が言った。

私は思わず拓海の横顔を見る。

私たち、同じこと、考えてる――――。
頭の中が、興奮で、かっと熱くなる。
やっぱり私たちは。
たくさんの時間をいっしょに過ごした私たちは、特別な関係だと思っても、いい？
緊張でドキドキしていた心臓の音が、明るい音に変わっていく。
あのころは、近所のスーパーにいくのだって大冒険だった。
それがいまは、テーマパークのアトラクションにふたりで乗っているなんて！
まるで、デートみたい！
「果穂、いっきにいくぞ！」
「うん！」
私はいま、どんな顔をしてるだろう。
きっと、うれしくて楽しくて、たまらない顔。
すごく、私らしくない顔。
こんな顔、ぜったいにだれにも見られたくない。

でもいまだけは。

暗くてだれも見てないのをいいことに、私ははじけるような気持ちが顔にでるのをおさえようとは思わなかった。

「なんだかなー」

「しっ」

不満そうな拓海に、私は人差し指を立てて少しにらむ。

修学旅行から1か月。

私と拓海のおせっかいはぜんぜん役に立たなかったけど、修学旅行のあと、ユリちゃんと田中はいろいろあって、つきあうことになった。

6年2組の、カップル第1号。

今日から、ユリちゃんと田中はいっしょに下校することになって……、拓海が「心配だ」って言うから、ふたりでこっそり後をつけてようすを見てたんだけど。

「あいつら、ラブラブじゃん。いつのまにこんなことになってたんだよ」

「よかったじゃん」

「けどさー、かんたんにカップルになっちゃって、オレたち、出番なかったな」

はぁ。拓海って、ほんと、鈍感。

ユリちゃんと田中は、拓海が考えてるほどかんたんにカップルになったわけじゃない。

私は、ユリちゃんがいっぱい悩んでたのも知ってるし、大人しい田中がすごくがんばったんだろうなっていうのも想像できる。

「あ、見ろよ！　アイツら、手つないだ!!　すごっ」

拓海が、興奮した顔でユリちゃんたちを指さす。

背の高い田中と、小さなユリちゃんが、つないだ手を楽しそうにゆらしてる。

(わ、すごい!!)

私も、思わず興奮しちゃう。

ふたりがほんとうに好き同士なのが、うしろ姿だけでわかる。

大好きな友だちがうれしそうで私もうれしい、と思うけど……。
ちらり、と横を見ると、拓海が興味津々って顔でユリちゃんたちのうしろ姿を見てる。
拓海と仲よしカップルを見比べて、「私はどうなの？」って、考えずにはいられない。
修学旅行のとき、拓海のとなりで思いっきり笑った瞬間、気づいてしまった。
拓海のこと、好きになりたくない、なんて思ってたけど。
たぶん、ほんとは、ずっと前から好きだった。
好きになった瞬間なんてわからないくらい。
ずっと前から、あたりまえに、好きだった。
だけど、拓海にとって私はただの幼なじみで。
ユリちゃんたちみたいにカップルになりたいなら告白しないといけなくて。
でももし、告白してフラれたら、「ただの幼なじみ」にはもどれない気がする。
それが、こわい。
だけど……、このままなにもしなかったら、拓海はいつかべつの女の子と……。
そう考えたら、胸が苦しくなって、ユリちゃんたちを見てるのがつらくなった。

「あのふたり、心配いらないね。さ、帰ろう」

「えー！　おもしろいから、もっと見てよーぜ」

「拓海、早く帰って勉強しなきゃ。今日も塾でしょ」

「げっ。イヤなこと言うなよー」

ブツブツ。拓海はまだ文句を言ってるけど、ムシ。

私たちはきた道を少し引きかえす。

（そういえば、田中の家って、ユリちゃんの家とぜんぜん方向ちがうのに。田中、ユリちゃんのお家まで送ってあげるのかな。それって、すっごく彼氏っぽい）

ユリちゃん、幸せそうでよかったな。

そう考えながら歩いていると、私の家が見えてきて、ちょうどドアからお姉ちゃんがでてきた。お姉ちゃんと、お母さんと、……清水さん。

「あ、菜穂ちゃんだ……」

お姉ちゃんを見て、拓海がそうつぶやいたけど、ふしぎそうな目が、お姉ちゃんの横の清水さんにむいている。

「果穂！　拓海くん！」

はしゃいだ声のお母さんが、私たちに気づいて手を振って、拓海が、小走りでお母さんたちのほうにむかう。

あー……。

「清水くん、この子は菜穂たちの幼なじみの拓海くん」

お母さんに紹介されて、拓海がぺこりと頭をさげる。

「拓海くん、こちら、清水くん。菜穂のね……ふふ。彼氏さんなんだって」

うれしそうにふたりの男の子を紹介するお母さんに悪気がないのはわかるけれど、思わず小さく舌打ちしちゃう。

（お母さんって、ほんっとよけいなこと言うんだから！）

こわくて拓海の顔が見られないけど、とまどう気持ちが伝わってくる気がする。

「へー……、菜穂ちゃん、彼氏いるんだ。すごい」

拓海は、清水さんにむかってもう一度ぺこりと頭をさげて、すぐにお母さんのほうをむく。

「じゃ、さようなら！」

元気な声で拓海がそう言ったけど……この場から早く立ち去りたいって気持ちが伝わってきて、つらい。

えーと。えーと。えーと。

遠くなっていく拓海の背中を見ながら、私は頭をフル回転させる。

「あ、拓海にアレ返すの忘れてた！　アレ……教科書！　ちょっと、いってくる！」

お母さんとお姉ちゃんにそう言い訳して、私は拓海を追いかける。

「拓海っ！」

私が拓海に追いついたのは、私の家からすぐの公園の前だった。

「果穂」

振りむいた拓海は、いつも以上にぼんやりしている、と思う。

「なんか……、だいじょうぶ？」

「え、なにが？」

拓海は、だいじょうぶだというように笑ってみせるけれど、笑顔がどこか上の空だ。

「……いい人そうでしょ。お姉ちゃんの彼氏」

うん、そうだな、と拓海がうなずく。

「前にさ、拓海、お姉ちゃんとバスの中で会ったって言ってたでしょ。あの日、映画を見たあと、告白されてつきあうことになったんだって」

「へー」

「お姉ちゃん、すごくうれしそうだった」

「そっかー」

「悲しい？」

「へ？　菜穂ちゃんに彼氏ができたからって、なんでオレが悲しむんだよ」

拓海が笑いながらそう言って、私はふうっと息をはく。

いちばん言いたい事を、できるだけさりげなく聞こえるように言うために。

「だって、拓海、お姉ちゃんのことが好きなんでしょ」

「えっ」

びっくりしたような、おみくじで凶を引いたみたいな顔をした拓海に、私はつづける。

「お姉ちゃんに彼氏がいてショックだったんでしょ？　それって、お姉ちゃんのことが好きだからでしょ」

拓海は目を見ひらいて、こっちを見ている。

「いや、そんなこと……。だって、菜穂ちゃんは小さいころから知ってるし、それに2個も上なのに」

思った通りだ。

やっぱり、拓海は、自分がお姉ちゃんに恋してるってことに気づいていない。

どこまで鈍感なんだろう。

「歳なんて関係ないでしょ。拓海はいろんな女子と仲がいいけど、お姉ちゃんのことは特別な目で見てるよ。それ、恋だよ」

私の言葉を聞いて、ゆっくり考えて、でも拓海は首をふる。

「ちがう」

「ちがわないって」

拓海の表情が、ぐっと険しくなる。

「ちがうって。本人がちがうって言ってるんだから、ちがうだろ」

「うそ。気づいてないだけでしょ」

私がそう言うと、拓海がこわい顔をする。いままで見たことない顔。

「決めつけんなよ。だれを好きかなんて、本人にしかわからねーだろ」

「わかるよ」

私たちはにらみあう。

先に目をそらしたのは、私。だけど、口はもう止まらない。

「私は……、拓海がお姉ちゃんを見てるのと同じくらい、拓海のこと見てるんだよ」

拓海はお姉ちゃんのことが好きだろうけど、私は拓海のことが好きなんだよ。

そう言いたいけど、それはやっぱり言えなくて、拓海の表情がますます険しくなる。

「見てるだけでなにがわかるんだよ。それに、オレがもし菜穂ちゃんのこと好きだとして
……、なんでそんなこと果穂に言われなきゃならないわけ？」

冷静な顔で、静かな声で、でも大きな怒りがこもっている。

そんないままで見たことのない拓海の態度は迫力があって、少しこわくなって黙ってし

まう。

「そうだとしても、果穂には関係ない」

関係ない、という言葉の冷たさに、私の心はズキンと痛む。

「……そうだよ。私には、関係ない」

拓海が、ふいと私に背をむけて、ひとりで歩いていく。

私は、公園の前で立ちすくむ。

遠ざかっていく拓海の姿が涙でにじんで、あわてて服の袖で涙をふいた。

公園にはたくさんの人がいるのに、泣いていたら心配されちゃう。

(私、なにがしたかったんだろう)

ショックを受けている拓海に、お姉ちゃんがつきあった日のことを話すなんて、すごくいじわるだ。

その上、『好きなんでしょ』なんて、問いつめたりなんかして。

拓海の言う通り、拓海が誰を好きでも、それは拓海の問題で、誰かに言われるようなことじゃない。

でも、言わずにはいられなかった。

だって、拓海がお姉ちゃんのことをあきらめたら、私のほうを見てくれるんじゃないかって思ったから。

私はこんなに拓海のことを知ってる、こんなにいつも見てる、って、気づいてほしかったから。

でも……。

どんな理由があったとしても、ほんとうによけいなお世話だ。

えらそうな言いかたしちゃった。

どうして私はこんなにかわいくないんだろう。

「果穂には関係ない」という拓海の声が頭によみがえる。

(関係なくないよ……。だって、私は拓海のことが好きだから)

好きだ、という気持ちが涙といっしょにこみあげてきて、止まらなかった。

冬休みが終わって、3学期がはじまって数日。

窓の外はどんよりと薄暗くて、中学受験とか風邪とかで休んでる子がたくさんいて、半分くらいの席が空いている、いつもよりさみしい朝の教室。

私は何度も時計を見てしまう。

9時10分。もうはじまってる。

今日は、拓海の第一志望の学校の受験の日。


1時間目の授業が終わって、なんだか落ちつかなくて、私はひとりで教室をでる。

いまの時間は、きっと算数のテストだ。拓海、算数は得意だから、きっとだいじょうぶ。

拓海は、2日前から受験の準備のために学校を休んでる。

私は拓海と、2学期の終わりにケンカしたきり、しゃべってない。

よけいなことを言ったな、と思うけど、「ごめんね」なんて、ぜったい言えない。

私、まちがったことは言ってないと思うし。

「あ、樋口さん」

本校舎と新校舎をつなぐわたり廊下にでると、樋口ほのかちゃんが、手すりによりかかってグラウンドをながめていた。

「こんなところでなにしてるの？　寒くない？」

私が近づきながらそう言うと、樋口さんは顔を横にふった。

「なんか……、ちょっと教室にいたくなくて」

「そうなんだ……。どうして？　亜矢たちとケンカでもした？」

樋口さんは、大きく顔を横にふる。

「ぜんぜん。あのね、実は……あたし、気になってる男子がいるんだけど」

「え、そうなんだ」

樋口さんが拓海のこと好きなのはわかり切ってたけど、いちおうびっくりしてみせる。

「その子が、たぶん今日、受験の日なんだ。いまごろきっと、テストしてる」

私は、亜矢に拓海の志望校を聞かれたことを思いだしながら、うなずく。

樋口さん、拓海の受験について、くわしく調べたんだな。私と同じように。

「中学受験ってさ、大変そうじゃん？　夏休みも毎日勉強して。だから、うまくいってほしいんだけど……うまくいってほしいけど、でも、もし不合格なら、いっしょの中学にいけるのかな？　とか思っちゃって……『失敗してほしい』って考えるなんて、最低だよね、あたし」

「……そんなこと、ないよ」

樋口さんは、素直だ。

私も、ほんとうは、心のどこかで、拓海といっしょの中学にいけないかって期待してる。だけど。

「でも、樋口さんの好きな男子がどうかはわからないけど、受験する子たちってさ、ふつう何校も受けるから、第一志望の学校に合格しなくても、きっとべつの私立にいくと思うよ」

私がそう言うと、樋口さんは、目を見開いておどろいて、それから、照れたように笑う。

「そっかー。そうだよね。あたしって、ほんとバカだなー」

てへ、と笑った樋口さんに、私は首を横にふって、心の中であやまる。

がっかりさせてごめん。でも、自分のこと最低だなんて、悩まないでほしいから。

「だから、さ。どうせどこかの私立にいくなら、うまくいくように、祈ってあげたら？」

「そうだね。そうする！」

グラウンドにむかって、樋口さんは目をとじて、両手を合わせた。

その樋口さんの横顔がすごく真剣で……、悲しくなって、目をそらす。

どうして、うまくいかないんだろう。

みんな、好きな人と両想いになれたらいいのに。

私たちは拓海を好きで、拓海はお姉ちゃんが好きで、お姉ちゃんはほかの人が好きで。

どうして、こんなにうまくいかないんだろう。

私は、グラウンドのむこうの空をながめながら、やっぱり拓海の合格を祈った。


それから、４日後。

「拓海くんねー、第一志望の正徳学院、ダメだったみたい」

「えっ。うそ」

学校から帰るなり、お母さんの言葉を聞いて、私は思わず大きな声をだしてしまう。

信じられない。あの拓海が、まさか。

「拓海くんのお母さんもちょっと落ちこんでるみたいなの。果穂、これ、このお菓子、持っていってあげて」

「えー、なんで私？　お姉ちゃんにたのんでよ」

「こういうときはね、果穂くらい愛想のない子のほうが、落ち着いてていいのよ」

「意味不明なんだけど」

そう言いながらもお母さんのお使いを受けたのは、やはり拓海が心配だったからだ。

受験するって聞いたときから、合格するという想像しかしてなかった。

あんなにがんばっていたのに、どれだけ落ちこんでいることだろう。

ふぅ、と息を整えてから、拓海の家のチャイムを鳴らす。

「果穂ちゃん、こんにちは～」

「こんにちは。これ、お母さんがどうぞ、って」

「わぁ、ありがとう！」

おばさんはいつも通りの笑顔だけど、少しだけつかれた顔をしている気がする。

「果穂ちゃん、ケーキあるんだけど、食べていく？」

おばさんのおさそいに、私は大きく首をふる。

なんとなく、いまはお家にあがっちゃいけない気がするから。

「そう……、じゃあ、拓海！」

えっ。

おばさんに呼ばれて、あたたかそうな部屋着を着た拓海がひょっこり顔をだす。

「拓海、果穂ちゃんをお家まで送ってあげて」

「わかった」

「え、いいよ！　ひとりで帰れるし」

「いいの、いいの。この子もちょっと運動したほうがいいから。ね」

おばさん……よけいなお世話!!

だって。

（気まずすぎる……）

おばさんに言われるまま、拓海は私についてきた。

なにも話さないで、私の少しうしろを歩いている。

（拓海ってば、お母さんに言われたからって、いやなら、送ってくれなくていいのに）

「果穂」

しばらく歩いたところで、拓海が小さな声で私の名前を呼ぶ。

「この前、ごめん」

「えっ」

私は思わず立ち止まる。

「果穂は、心配してくれたんだよな。それなのに、関係ないとか言って、ほんとごめん」

私は、首を横にふる。

「考えたら、果穂の言う通りかもしれない」

拓海が少し笑って、私の胸は、ズキンと痛む。

「だから、果穂にほんとうのこと言われて、すごく腹が立ったんじゃないかな、って。自分がだれを好きかわからないとか、ほんとマヌケだよな」

「そんなこと……ないよ」

謝らないといけないのは私のほう。なのに、「ごめんね」のひとことが言えない。

こんな自分の性格、ほんとうにイヤ。

私はいつも拓海を子どもっぽいって思ってたけど、ほんとは拓海のほうがずっと大人だ。

「受験、おつかれさま」

「うん」

「中学、どうするの？」

「正徳は落ちたけど、氷川学園に受かってるから、たぶんそこにいく」

「そうなんだ」

氷川学園って、となりの県の学校だ。めちゃくちゃ遠いじゃん……。

「なんか、部活が色々あるみたいだから、楽しみ」

ほっとする。

もっと落ちこんでいるのかと思ったけど、意外とスッキリした顔をしている拓海に、

「そっか」

ほっとしたら、べつのことが頭に浮かんでくる。

どうしよう。

拓海とふたりきりでゆっくり話せることなんて、なかなかない。

もしかして……、拓海に気持ちを伝えるなら、いまなんじゃ……。

拓海が、ほかのだれかの彼氏になっちゃう前に。

そう考えたら、胸の鼓動がどんどん速くなっていく。

「あのさ……」

声が裏返ってしまって、はずかしくてコホンと咳払いをする。

「ん？」

「私、拓海に言いたいことがあって」

「なんだよ、急に」

拓海は、私の緊張に気づいたのか、少しまじめな顔になる。

「あの……、この前、拓海がだれのこと好きか、私には関係ないって言われたけど……、関係、あるんだ」

拓海がうなずく。

「私たち、学校が離れちゃったら、もう会えなくなるでしょ。だから……」

「なんで？」

「え？」

なんで、と聞かれて、私は答えられない。

「だって、近所じゃん。オレたち、きっとまたケーキとかりんごとか持っていかされるだろ」

「……たしかに」

「なんか、おつかいって、いつもオレと果穂だよな。うちは兄貴いるし、果穂は三姉妹なのに、なんでだろ」

「そー。三姉妹の真ん中って、ほんとツイてなくてさ……」

「兄弟の弟だって、兄貴の使いっぱしりだぜ」

たわいもない話をしながら歩いていると、同じように歩いているのに、拓海の歩幅のほうが広くて、私は2歩くらい遅れてしまう。

追いつこう、として、ちょっと早足で歩いても、やっぱり追いつけない。

私は、必死で拓海に追いつこうとしている自分がおかしくて、ふっと肩の力がぬける。

「あ、話がそれてごめん。で、言いたいことって？」

拓海がふりかえって私を見る。

「あー……」

私は拓海の顔を見ながら、少し考えて、それから首を横にふる。

「もういい。だいじょうぶ、なんでもない」

「え、気になるだろ！」

「へへっ。気にしてて」

「なんだそれ!?」

拓海が大げさにおどろいた顔をして、私は笑う。

いまはまだ、「好き」って気持ちを認められただけでじゅうぶん。

「ほかのだれかの彼氏になっちゃう前に」なんて理由で、あせって告白したくない。

この気持ちを、もう少し自分の心の中で大切に温めていたい。

だって、だれかを「好き」って思うと、少し切ないけど、すごく幸せな気持ちになるって気づいたから。

中学生になったら、拓海はきっともっとどんどん前に進んでいくだろうけど。

もう、「負けたくない」なんてあせったりしない。

いまは、となりを歩けなくてもいい。

少しうしろだったり、前だったり、ちがう道を進んだり。

それでいつか、またとなりを歩ける日がきたら、そのときは、自分の気持ちを伝えよう。

(いつになるのか、わからないけど)

中学生とか、高校生とか。少し未来の拓海を想像して、思わずほほえむ。

私らしくないかもしれないけど。

拓海のことを想って笑顔になる自分を、もうかくそうとは思わなかった。

冬～芽衣～

「あ、あたし……、有村のことが好きですっ!!」

そう言って、ほのかちゃんはガバッと頭をさげる。

2月に入って、すっごく寒い日の放課後。

「それは……、有村に言えば？」

朱音ちゃんが、目をパチパチさせてる。

さげた頭を、こんどはいきおいよくあげて、ほのかちゃんは真剣な目で朱音ちゃんを見あげた。

「だってー……、前にさ、『有村のことなんて好きじゃない』って言ったでしょ？　あれ、あのときはほんとうだったんだ。だけど、あのあと……好きになったというか……」

「だからって、べつにウチに教えてくれなくていいのに」

「だって……朱音ちゃんも、好きなんでしょ？　有村のこと」

「え！　ウチが有村を⁉　なんで⁉」

「えー。だって、あたしが有村のこと好きじゃないって言ったら、うれしそうだったし……」

「そ、それは……」

朱音ちゃんの目がキョロキョロと泳ぐ。

どうしよう。でも……。

「ほ、ほのかちゃん……」

わたしが呼ぶと、ほのかちゃんがこっちを見る。

「あのね……。有村くんを好きなのは……わたし、なんだ……」

「芽衣ちゃんが⁉」

ほのかちゃんは、びっくりして口をあんぐりあけている。

そんなほのかちゃんの横で、朱音ちゃんも「え、言っちゃうの⁉」っておどろいてる。

だって……、ほのかちゃんが正直に話してくれたのに、わたしだけ自分の気持ちをかくすなんて、できないもん。

「そうなんだー……」

いつも明るいほのかちゃんの、なんて言ったらいいのかわからないって顔。

わたしも、なにを言ったらいいのかわからない。

だって、わたしたちって、ライバル、ってことだよね？

せっかく仲よしになれたのに……これから、気まずくなっちゃうのかな？

それは、やだな。

「そっかー。そうか………芽衣ちゃんが……」

ほのかちゃんが、目をパチパチさせながら、なにかを考えて、そして言った。

「有村って、いいヤツだもんね」

ほのかちゃんがいつもみたいにカラッと笑って、わたしはうんとうなずく。

「好きになったら、いいヤツすぎて、人気がありすぎて、ちょっとツライけどさ」

ほのかちゃんのことばに、わたしは大きくうなずく。

「有村くん、人気者だし、すごい人だし、わたしなんかが好きになってもって思っちゃう」

「それ、すっごくわかる〜〜」

こんどは、ほのかちゃんが、大きくうなずいてくれる。

そうだ。わたしたちは同じ男の子を好きになって……たぶん、すごく気持ちがわかる。

「だから、告白しても、きっとフラれるんだろうなって思うんだけど」

そう言って、ほのかちゃんは小さく笑う。

ほのかちゃん、告白するんだ……。

「芽衣ちゃんは、告白とか考えてる？」

「え！　告白⁉　うーん……、もうすぐバレンタインデーだから……、チョコわたせたらいいな、とは思うけど……」

「あー、いいね！」

「ほのかちゃんは？　有村くんにチョコわたす？」

わたしが聞くと、ほのかちゃんは、「うー」って顔をしかめる。

「なんかさ。あたしがチョコわたしても、有村はきっと、ただの友チョコって思うと思うんだ。だから、ちゃんと言葉で『好き』って伝えなきゃって思うんだけど……、バレンタインまであと2週間くらいしかないじゃん？　まだ心の準備ができてないっていうか……」

「そっか……。ほのかちゃんと有村くん、すごく仲がいいもんね」

めずらしく弱気なほのかちゃんを元気づけたくてそう言ったら、ほのかちゃんは、

「好きな人と友だちとして仲がいいって、いいことか悪いことかわかんないけどね」

と言って、ちょっぴり悲しそうに、笑った。

そうか……。わたしは有村くんと仲よしのほのかちゃんがうらやましかったけど、ほのかちゃんには、ほのかちゃんの悩みがあるのかもしれないな……。

「ほのかちゃん……、告白、がんばってね」

思わずわたしがそう言うと、ほのかちゃんがぷっと笑う。

「芽衣ちゃん、あたしのこと応援していいの？　ライバルだよ、あたし！」

「そうだけど！」

だけど、わたし、いまほんとうにそう思うんだ。

「でも……、だって、ほのかちゃんの気持ち、わかるもん」

「ありがと、芽衣ちゃん。じゃあ、あたしも芽衣ちゃんのこと応援する！」

ほのかちゃんが、えへへって笑って。

わたしも、えへへって笑う。

そしたら、それまでわたしたちの話をだまって聞いていた朱音ちゃんが、がばっと両腕でわたしたちを抱きしめた。

「あーもう！　ふたりともかわいすぎ‼　ウチが有村だったら、ふたりとつきあうのに‼」

朱音ちゃんがそう言って、わたしとほのかちゃんは顔を見あわせる。

「それ、二股じゃん」

ほのかちゃんが、朱音ちゃんの腕をはらいながら、イヤそうな顔で言って。

「朱音ちゃん、最低っ‼」

わたしも、ほっぺたをふくらませて、朱音ちゃんから離れる。

「え!?　い、いや、ウチはふたりを元気づけようと……」

あせって、しどろもどろになる朱音ちゃん。

もう、じょうだんなのに。

言い訳する朱音ちゃんがおもしろくて、わたしはもう一度、ほのかちゃんと顔を見あわせて笑った。

2月14日。

バレンタインデーって、考えた人は天才だと思う。

だって、「好き」って言わなくても、チョコレートをわたせば、気持ちが伝わるかもしれないんだもん。

（うー……。だけど、チョコわたすのだって、緊張するよーっ）

放課後、家へ取りに帰った手さげバッグの中には、おこづかいで買ったチョコレート。

よしっ、と気合いを入れて家をでたはずなのに、有村くんのマンションのエレベーターの前まできて、弱気になっちゃう。

（やっぱ、無理かも……。どうしよう、どうしよう）

有村くんのお家は604号室。

（エレベーターで6階にあがって、有村くんのお家の前のインターホンを鳴らせばいいのかな？　でも、有村くんのお母さんがでたらどうしよう……）

さっきから同じことばかり考えて、エレベーターの前をうろうろしている。

（うーん、こんなことなら、やっぱり、だれかに見られるかもしれなくても、学校でわたせばよかったなぁ……）

そう思った、そのとき。

「あれ、小野？」

（ええええっ！）

エレベーターから、有村くんがおりてきた。

塾の名前の入ったバッグを背負ってる。

「あっ……」

「こんなところで、なにしてんの？」

「あっ、えっと……、ここにお母さんの友だちが住んでて……その……」

きょとんとした顔の有村くんに、ほんとうのことが言えなくて、ついウソをついちゃう。

「へ～！　オレん家、ここの6階でさ……あ！　ちょっとごめんな」

緊張でカチンコチンになってるわたしの右横を、有村くんがさっと通りすぎる。

（え）

振りかえると、マンションの入り口の自動ドアのむこうで、中学校の制服を着た女の子がいて、こっちにむかって両手を振っている。

（だれだろう……）

制服姿の中学生は、「たくちゃん」と言いながら跳びはねるようにマンションに入ってくる。

「たくちゃん！　ちょうどよかった！」

「菜穂ちゃん、どうしたの？」

「どうしたのって、ほら！」

中学生の女の子は、手に持っていた紙袋をひとつ、有村くんにわたす。

「今日、バレンタインデーだから！　これ、たくちゃん家の分！　私がつくったんだ！」

「え、すごっ！」

「すごくないよー……あ、話し中だったのに、ごめんね!!」

そこではじめて、中学生の女の子がわたしのほうをむいて、にこっとほほえんだ。

「四つ葉小の子かな？　私、高田果穂の姉の菜穂でーす！」

「あっ」

そうか、高田さんのお姉さんなんだ！

言われてみれば、なんとなく似ているかもしれない。

高田さんには悪いけど……高田さんを、女の子っぽく、かわいくした感じ？

ちょっと、小中学生むけのファッション誌のモデルさんみたいな雰囲気。

「じゃ、たくちゃん、またね！」

「えっ、うちによっていかないの？」

引き留めようとする有村くんに、菜穂さんは意味ありげにニヤリと笑う。

「私、いまからデート！　これ、本命チョコわたさなきゃ」

そう言って、真っ赤な紙袋を大切そうになでた。

そんな菜穂さんに、有村くんは大きくうなずいて笑顔を見せる。

「そっか。そうだよな。がんばって！」

「ありがと！」

菜穂さんは、有村くんに手を振って、わたしにむかってもう一度ニコッと笑いかけてから、くるりと振りかえって、足早に去っていく。

（なんか、明るくて、やさしそうな人だなー……。さ、つぎはわたしがわたす番！）

そう思って、有村くんを見る、と。

「有村くん……？」

いつのまにか有村くんの目に涙がたまって、いまにもこぼれおちそうになってる。

「あ、ごめん、なんでもない」

有村くんはあわててわたしに背をむけて、手で涙をぬぐう。

（ど、どうしたんだろう……）

「ごめん、ちょっと……」

マンションのエントランスに人かげが見えて、有村くんは逃げるように歩きだし、エレベーターの横の非常階段のドアをあけて入っていった。

（ど、どうしよう）

私は、少し迷って、それから、「えーい、いっちゃえ！」と、有村くんを追って非常階段のドアをあける。

中に入ると、有村くんは階段のいちばん下の段に座って、ぼうっと前を見ていた。

涙はもう流れてないけど……、目が、真っ赤だ。

「有村くん……」

「あ、ごめん、小野。なんか……びっくりさせちゃったよな」

ううん、とわたしは大きく首をふる。

「そんなのはいいけど……だいじょうぶ？」

「だいじょうぶ、だいじょうぶ」

無理やりに笑ってそう答えた有村くんを見て、もっと心配になる。

（だいじょうぶな人は、急に泣きだしたりしないよ……）

有村くんのヒザの上には、さっき菜穂さんにもらった紙袋がのってる。

有村くんが急に泣いちゃったのって……、やっぱ、菜穂さんが原因だよね？

わたしは、有村くんと菜穂さんの会話を思いだす。

もしかして、有村くん……。

「はぁ。塾、めんどくせーな」

少し鼻声の有村くんが、まだ涙が残ってる目で、でもいたずらっぽく笑って言う。

わたしの前で泣いてしまったはずかしさをごまかすみたいに。

「勉強なんて、がんばって意味あんのかな。がんばっても、ダメなときはダメなのに」

声は明るいけど……なんか、ちょっと有村くんらしくない言いかたで心配になっちゃう。

受験、がんばったのに、第一志望の学校に落ちちゃったんだよね。

とにかく有村くんを「元気づけなきゃ」って、わたしは頭をフル回転させる。

「で、でも、有村くんは勉強できるから、意味あると思う！　高校とか大学とか、また受験するだろうし」

そう言ってしまってから、はっと息をのんで両手で自分の口をふさいだ。

しまった!!

有村くんは受験の話なんてしてないのに、まだ受験のことで傷ついてるかもしれないのに、わたしってば、どうして受験の話なんてしちゃったんだろう！

「ご、ごめん、有村くん、わたし……」

あわあわとあせってると。

「小野って、ほんとやさしいな」

有村くんの目がすごくやさしく笑って、わたしはこんなときなのにどきっとして、顔がぽっと熱くなっちゃって、うつむく。

「オレさ、第一志望の学校、べつに、どうしてもいきたい学校ってわけじゃなかったんだ。どの学校受けるか、とか、母さんと塾の先生が決めたし」

有村くんが、ポツリと言って、わたしは、顔をあげる。

「でも、不合格、ってなってから思ったんだ。やっぱりあの学校にいきたかった、って」

「そっか……」

「さっきの……菜穂ちゃんも、小さいころからずっと知ってて、好きとかきらいとか、考えたことなかったのに……」

そこまで言って、有村くんはくちびるをきゅっと結んで、目をふせた。

「……でも、好きだった……の？」

おそるおそるたずねると、有村くんが小さくうなずく。

「菜穂ちゃんに彼氏ができたって知った瞬間、自分のからだの中から、いちばん大切なものがごっそりなくなったみたいな気分で……すごくショックだった」

「そうなんだ……」

「オレ、どうしていつも気づくのが遅いんだろう」

有村くんが、ヒザにのせた紙袋をじっと見つめる。

「有村くん……」

「バカだよなー、ほんと。自分で自分がイヤになるわ」

顔をあげて、こっちを見て、有村くんが笑う。

せいいっぱい強がっているのが伝わってきて、わたしは胸がきゅーっと痛くなる。

有村くん、ほんとうに菜穂さんのことが好きなんだな……。

わたし……、気持ちを伝える前に、失恋決定、だ。

でも、いまはそれよりも、すぐ目の前に泣き顔の有村くんがいるのに、元気づけてあげられないのがくやしい。

わたしが菜穂さんだったらよかったのに。

わたしにとっての有村くんみたいに、菜穂さんはきっと、なにもしなくても、魔法みたいにかんたんに有村くんを笑顔にできる。

「好きな人」のパワーって、ほんとにすごい。

だけど、わたしは有村くんの「好きな人」じゃないから……。

チョコレートの入った手さげバッグを持った手に、ぎゅっと力が入る。

わたしには魔法は使えないから、笑顔になってほしいなら、ちゃんと伝えないと。

ことばで！

そう思ったら。

「あ、有村くんは、バカじゃない!!」

思わず、ちょっと大きな声でさけんじゃった。

ぽかん、とした顔になった有村くんに、わたしはあわてる。

「えっと、『バカ』とか、『自分がイヤ』とか、言わないで。有村くんは、すごいんだから」

「すごくないよ」

「すごいよ！　有村くんは、すごい人だよ！　わたしが教科書なくて困ってたら、気づいて見せてくれたし、運動会のリレーでふたりもぬいて、それで２組が優勝できたんだから！」

まだ赤い有村くんの目を、わたしはまっすぐに見つめる。

「やさしくて、カッコよくて……って、みんな言ってるし……、みんな、有村くんのことが大好きだよ！　……みんな！」

わたしは、有村くんに元気になってほしくて、必死だ。

「だから……、有村くんを好きな女の子はいっぱいいる……らしくて、だから、『自分がイヤ』なんて言ったら、有村くんのことを好きな女の子はきっと悲しい！　っていうか……」

わたしがあまりに必死だからかな、有村くんが、ぷっとふきだした。

強がりじゃない、思わず笑っちゃった、っていう顔。

(笑った!!)

わたしはうれしくて、もっと笑ってほしくて、手さげバッグのチョコを取りだす。

「チョコ、食べる？」

「え、それ、だれかにあげるヤツだろ？」

「ううん、あまったヤツなの。いっしょに食べよう」

　わたしは、「えいっ」と思いきって、有村くんのとなりに座って、小さな箱にかけられたリボンを、迷わず引っぱってほどく。

　ふたをあけると、小さな四角いチョコレートが４つ入っている。

「はい、好きなの食べて！」

「ありがとう」

　有村くんは、黄色いネコの絵が描いてあるチョコレートを口に入れる。

「うまい！」

　目をかがやかせる有村くんに、わたしはもうひとつ、と箱を差しだす。

「小野は、食べないの？」

「あ、うん」

わたしは、ちょっと迷ってから、ピンク色のお花が描いてあるチョコレートを口に入れる。

かむと、中からキャラメルソースがでてくる。

「おいしい！」

有村くんと目が合って、わたしたちは、残りのふたつを手に取る。

「せーの」

ぱくっ。

いっしょに口に入れたチョコレートが溶けていく。

(わたしのはじめての恋、かなわなかったな……)

それでも、なんだか幸せな気持ちだった。

計画とはぜんぜんちがうバレンタインデーになってしまったけれど、でもすごくいいバレンタインデーだ、って思う。

(勇気、だしてよかった)

わたしはいま、有村くんのとなりに座って、有村くんといっしょにチョコレートを食べている。
席がえでとなりになれたのは、ぐうぜんだったけど。
いま、こうやって有村くんのとなりに座っているのは、自分ががんばったからだ。
そう思うと、ちょっと誇らしい気持ち。
そして、今日のこの出来事は、きっと大人になってもずっと忘れない、と思った。

ドクン、ドクン。

心臓の音が大きくひびいて、「こんなのぜったいにからだに悪い！」と思う。

だけど、目が、自然に有村の姿を追いかけてしまう。

教室のホコリっぽいカーテンにからだをかくしながら、あたしは運動場でサッカーをする男子たちを見おろしている。

そして、男子たちに近づいていくマリナと亜矢の姿。

ドクン、ドクン。

あたしの心臓の音は、ひときわ大きく速くなる。

マリナと亜矢が有村に近づいて、なにかを話しかける。

有村はそれを聞いて、校舎にむかって歩きだす……。

（くる！！！）

あたしは、あわてて窓から離れて、だれもいない教室の自分の机に座る。
1、2、3秒、くらい。
それから、「座っているのはヘンかも」と思いなおして、立ちあがる。

でも、立ちあがってもやっぱり落ちつかない。

やがて、タタタという足音が聞こえてきて、あたしは教室のドアをじっと見つめる。

「あ、樋口」

教室に入るなり、有村があたしを見つけて、おどろいた顔をする。

「有村……」

「青木先生知らない？　オレのこと呼んでるらしいんだけど……」

「あー、えっと……」

それは、有村を呼びだすために、マリナと亜矢がついたウソ。

「先生は……有村のこと、呼んでない。あたしが、ちょっと、有村に言いたいことがあって……」

「へ？　そうなんだ。なに？」

「なに、って言われると……えーっと……」

有村がふしぎそうな顔であたしを見ている。

あたしは、そんな有村の顔を見ていられなくて、有村から目をそらして上履きを見る。

「あー……、えっとー……」

なんて言うんだったっけ。

ちゃんと考えてきたはずなのに、ことばがでてこない。

えっと。

ふたりきりの教室が静かになってしまうのがこわくて、あたしはまた「えっと」と口にする。

えっと、えっと。

自分の声が、どんどん小さくなっていくのがわかる。

「あっ……ははっ」

とつぜん、有村が窓の外を見て笑った。

「樋口、あれ、見てみろよ」

うん、と、あたしが窓に近づいて外を見ると、サッカーをしていた牧野が点数を入れたみたいで、はしゃいで走りまわっていて、その動きがダンスみたいでおもしろい。

「牧野って、やっぱスゲーわ」

有村は、牧野のダンスにケラケラ笑っている。

「ごめんね、ほんとだったら、有村もいっしょにサッカーしてるはずだったのに、あたしが呼びだしたから……」

「いや、ぜんぜん。逆に、ここから見られてよかったかも。特等席ってヤツ？」

「ほんと？」

「ほんと」

「ってか、樋口、今日はなんかおとなしいな。いつものうるさいくらい元気な樋口ほのかはどうしたんだよ」

「べつに、いつもうるさくないし!!」

「なんだよー、うるさいのが、樋口の得意技だろ?」

「ちがうし!!」

思わず、いつものように言いかえしてしまうと、有村はやさしく笑ってうなずいた。

そんな有村を見て、あたしはかぁっと顔が熱くなる。

(有村、もしかして、いまからあたしが有村に告白するって、もう気づいてる……? いまのって、ぜんぶ気づいてて、あたしの緊張をほぐそうとしてくれたのかな……考えすぎ?)

いつもよりもやさしい有村の態度が、あたしをどんどんはずかしくさせる。

(なんか……もう、走って逃げたい……)

告白、やめようか。

有村には、好きな人がいて、それはうちの学校の子じゃないみたい、って芽衣ちゃんが言ってたのを思いだす。

どうせフラれるってわかってるのに、あたし、どうして告白なんてしようとしてるんだろう。

だけど……。

目の前の有村の顔を見て、「やっぱり」って思う。

やっぱり、あたしは有村が好き。

それを知ってほしいから、自分の気持ちを有村に伝えずにはいられない。

だって……、もう、「有村を好き」っていう気持ちが大きくなりすぎて、からだごと爆発しちゃいそうだ。

はぁ、と大きく息をはいて、ぎゅっと両手をにぎって力をこめる。

「あのね……。言いたいこと、っていうのは……」

そう言うと、有村は少しまじめな顔をした。

「あたしは……有村のことが……好き。です」

有村が小さくうなずいて下を見る。

しん、と教室が静かになって、運動場の歓声が耳に届く。

どうしよう。

好きです、って言うので精いっぱいで、そのあと、こんな風にシーンとしてしまったときのことなんて考えていなかった。

なにか、言ったほうがいいのかな。

でも、有村がなにか言ってくれるのを待ったほうがいいよね？

ちらり、と有村の顔を見ると、有村もあたしを見ていて、思わず目をそらしてしまう。

だめだ。こわい。

目の前の有村が、いま、なにを考えてるのか、1ミリもわからなくて。

有村の返事を待つ時間が、永遠みたいに長く感じられて、動けない。

耳まで緊張してるのか、教室の時計の針の音が、いつもとちがって不気味にひびく。

「ごめん、オレ……女子に好きって言ってもらったあと、なにを言えばいいのか、わからない」

有村がすごく真剣な顔で言って、あたしはうなずく。

「あたしも。好きって言うことしか考えてなくて、そのあとどうしたらいいのかわからない」

あたしたちはまじめな顔でじっと見つめあって……、そして、思わず笑ってしまう。

「もー、笑わないでよ！」

「先に笑ったの、樋口だろ！」

「だって、有村、すごいモテるから、告白されるの、慣れてるんだと思ってたんだもん。なのにさ」

「ぜんぜん！　はじめてだし、こーゆーの」

「うそー」

「うそじゃないって」

「ほんとに？」

「ほんと。だから、めちゃめちゃはずかしい」

あー、暑くなってきた、と手をうちわみたいにあおぐ有村を見て、あたしはまた笑う。

有村は、「笑うな！」と言いながら、自分もやっぱり笑っている。

「はあ。なんか……正直、とちゅうから、『もしかして告白!?』って思って、どうすればいいのかわからなくて、マンガの告白シーンのセリフとか思いだしてたんだ。カッコよく『ありがとう』『うれしい』とか答えたらいいのかな、って」

「うん」

「けど、樋口がすごい緊張してるのが伝わってきて。そんな、マンガのマネじゃ、樋口に失礼だって思った。オレも、自分のことばは自分で考えなきゃって思った。そしたら、なんて言ったらいいか、わからなくなっちゃったんだけど」

バカだよなー、と笑う有村に、あたしは首を横にふる。

そして、有村が笑うのをやめて、まっすぐにあたしを見る。

「オレ、好きな人がいるんだ」

有村のことばに、返事しなきゃ、と思うのに、ことばがでてこなくて、小さくうなずく。

「だから、もし樋口が……『つきあいたい』とか思ってくれてるとしたら……それはできない。ごめん」

うん。うん。

あたしは、こんどは大きく2回うなずく。

「イヤなこと言って、ごめんな」

「ううん、こっちこそ……」

有村が苦しそうな顔になったのを見たくなくて、あたしは教室の床の傷を見つめる。

「あたし……、なんか、ほんとにごめんね」

うつむいた顔を、有村がそっとのぞきこんできた。

「樋口は謝るようなことしてないだろ」

「だって……有村がごめんとか言うから。有村だって、謝ることしてないのに」

「そっか。じゃ、オレも……謝らない」

有村も床を見て、つづける。

「オレ……。樋口がいま、どんな気持ちかはわからないけど、オレはいま、たぶんうれしい」

「たぶん？」

「うん。緊張してるとか、うれしいとか、どうしようとか、少しだけ困った気持ちとか、いろんな気持ちが混ざりあってるけど、やっぱりいちばん大きいのは、うれしい、なんだ。

いま」

あたしが顔をあげると、有村はまっすぐな目であたしを見てる。

「だからさ。好きって言ってくれて、ほんとうにありがとう」

「うん」

あたしがうなずくと、有村は照れくさそうに窓の外を見た。

「あ、ごめん。サッカー、もどって」

「そーする。樋口は？」

「あたしは、もうちょっとしてから帰る」

「そっか」

じゃ、と言って教室をでた有村の、タタタという足音が遠ざかる。

フラれちゃった。

でも、ちゃんと好きって言えた。

それだけで満足、だよね。

マリナと亜矢に、報告しなきゃ。

フラれたら泣くものだと思っていたけど、涙はでてこない。
だけど、なんだかすごくつかれた。
はぁ、と力がぬけて、あたしはその場にへなへなと座りこみそうになった。

「卒業式の日は、座っているあいだ、手はももの上でちゃんと重ねましょう」
先生たちが何回も何回もそう言ったから、あたしは両手をチェック柄のスカートの上にお行儀よく重ねている。
体育館の前のほうには、先生たちがずらりとならんでて、うしろには保護者の人がたくさん。
いつもにぎやかな6年2組がこんなにシーンとしているのははじめてっていうくらい、ふだんはおしゃべりばっかりしている女子も、ふざけてばかりの男子も、今日はみんな卒業式用の服を着て、卒業式用の顔をしてる。

6年1組の最後の子が舞台からおりて、舞台のすぐ下のマイクの前に、6年2組の担任の青木先生が立った。

「6年2組、有村拓海」

「はい！」

大きくて、しっかりとした声で返事をして、有村が立ちあがる。

ありむら　たくみ。

ただの名前なのに、その7文字を聞くと、心臓をぎゅっとつかまれたような気持ちになる。

（もう。フラれちゃったのに、なんで）

気にしない、と思うのに、舞台へむかう有村のうしろ姿を見ているだけで、ドキドキする。

だけど、そのドキドキの中に、告白する前にはなかった、さみしさがまじっている。

「卒業証書、有村拓海殿。以下同文。おめでとう」

有村が、校長先生が差しだした卒業証書を両手で受けとって、礼をする。

それから、卒業証書をわきにかかえて、1歩さがってまわれ右。舞台をおりて席にもどってくる。

みんなと同じことをしているだけなのに、有村がやると、なぜかカッコイイ。

昨日も、かっこよかった。かっこよかったし、やさしかった。

告白して、フラれたらどうなるのかわからなかった。

でも、いまわかった。

やっぱり、好き。

その気持ちって、すぐにはなくならないみたい。

有村が席にもどって、つぎの子が呼ばれる。

「宇野マリナ！」

マリナが立ちあがり、舞台へあがる。

マリナのうしろ姿を見ると、なんだか安心する。

マリナと亜矢に会えて、ほんとうによかった。

大好きなふたりの友だちとの思い出が、いっきに浮かんできて、あたしは涙がでそうになって、あわててちがうことを考えようとする。

だいじょうぶ、マリナと亜矢は、中学もいっしょだし！

「小野芽衣！」

「はい！」

わぁ、とあたしは少しおどろいちゃう。

卒業式の練習のとき、芽衣ちゃんは「もっと大きな声で！」って、先生に何度も注意されてたんだ。

でも、今日、いままでいちばん大きな声で返事をした。

(芽衣ちゃん、すごい！)

あたしがそう思ったのと同時に、

「メイ、すごいよ……」

という声が右どなりのさらにとなりから聞こえてきた。

ちらっと、できるだけ顔を動かさないで見ると、芽衣ちゃんと仲よしの朱音ちゃんが、舞台の上の芽衣ちゃんを見て泣いている。

（わ、朱音ちゃん泣いてる！）

つられて泣きそうになって、あたしはあわてて涙をこらえようと上を見る。

（だめだ、もうがまんできない）

つぎつぎと名前を呼ばれて、舞台にあがるクラスメイトたちを見ていると、4月に同じクラスになってから今日まで、たくさんの時間をいっしょに過ごしたことが、なんだかもうなつかしい。

私立の中学にいく子とか、この春休みに引っ越しする子とか。

昨日まで毎日いっしょにいたのに、卒業したら、この6年2組の全員がそろうことはないかもしれない。

そう考えると、さみしくてさみしくて、苦しい。

「高田果穂！」

「はい！」

すっと立ちあがった高田さんが、キビキビと歩いて、舞台にあがる。

そして、卒業証書をもらい、振りかえると、まっすぐ前を見て、一礼した。

(高田さん、かっこいい!)

みんな、緊張するから、少しでも早く舞台をおりようって感じなのに、高田さんはすごく堂々としている。

あたしも、ちゃんと高田さんみたいにしっかり卒業証書を受けとりたい。

お母さんも見てるし、先生も見てるし、有村だって見てるはずだから。

ふう、とあたしは息をはく。

「樋口ほのか!」

「はいっ!」

あたしは立ちあがって、舞台にむかう。

だいじょうぶ、練習した通りに。

緊張して足が自分の足じゃないみたいだけど、こけないように、ゆっくりと階段をあがる。

「卒業証書、樋口ほのか殿。以下同文」

そう言って、校長先生が卒業証書を差しだした。

「おめでとう」

にこり、と校長先生が笑う。

そうだ、今日はおめでとうの日。いい日なんだ。

くるり、と振りかえって、みんなのほうをむいて礼をする。

顔をあげたとき、目に涙がたまって、体育館の景色がにじんで見えた。

(わ)

まばたきすると、涙がほおを伝って落ちて、6年2組のみんなの顔が見える。

(泣いちゃった)

早く涙を拭きたくて、ちょっと早足で席にもどると、亜矢がハンカチで目をおさえているのが見える。

いつの間にか、6年2組の女子はほとんどみんな泣いていた。

1組や3組の子たちは、まだ泣いてないのに。

たぶん、最初に泣きはじめた朱音ちゃんに、みんなつられたんだ。

たくさんの時間をいっしょに過ごしたあたしたちは、うれしい気持ちも悲しい気持ちも、涙も、移りやすい。

ハンカチでゴシゴシ涙をぬぐいながら、舞台上で卒業証書をもらうクラスメイトを見る。

小学校、ほんとうに楽しかった。

とくに、6年生の1年間が楽しかった。

4月に、マリナと亜矢と同じクラスになれたときは、最高にうれしかった。

それから毎日、マリナと亜矢といろんな話をして。

修学旅行も遠足も楽しかったし。

運動会の騎馬戦はちょっとくやしかったけど、でも、2組が優勝できてうれしかった。

そうして6年生の1年間を振りかえると、考えようとしなくても有村のことが浮かんでくる。

(有村のことばっか、考えてたな……)

野球とサッカーの話をいっぱいしたり、席がえで2回連続となりの席になったり。

有村のせいでとなりのクラスの女の子ににらまれたりもしたな。

いまなら、ほんのちょびっとだけ、あの子たちの気持ちがわかる。

けど、あのときはまだ、「恋」なんて、自分には関係ない話だと思ってて。

まさか自分が有村のことを好きになるなんて、ほんとうに思ってもいなかった。

それなのに、運動会の日、はじめて恋をした。

好き、って気持ちはどんどん大きくなって、気持ちを伝えようと思って。

告白して……、フラれた。

「水沢ユリ！」

「はい！」

ユリちゃんのツインテールがぴょこんとゆれる。

ユリちゃんの彼氏の田中が、となりの席の男子に顔をのぞきこまれて、顔を赤くしている。

田中、ユリちゃんのこと、めちゃくちゃ好きなんだろうなぁ。

ユリちゃんはいいなぁ。

両想いって、いいなぁ。

そう思ったら、大粒の涙がポロッと落ちた。

(あたし、ほんとに有村のことが好きだ)
気持ちを伝えられたらそれでいい、とか、ちゃんと告白できたから満足、とか。
そんなの、うそ。
やっぱりほんとは、両想いになりたかった。
有村に、自分と同じ気持ちでいてほしかった。
「好き」って言ってほしかった。
うっ、と声がでてしまう。
知らなかった。
片思いって、どうしてこんなに涙がでるんだろう。
涙はどんどんあふれてきて、でも、もうガマンしようとは思わなかった。
だって、みんな泣いてるから。
みんなといっしょの安心感が、あたしをつつんでくれる。
みんなは、なにを思って泣いているんだろう。
友だちと離れるのが寂しいから?

好きな男子と離れるのが寂しいから？

中学生になるのが不安だから？

みんなそれぞれ、いろんな気持ちを抱えて泣いてる。

「ねー、私たち、なんでこんなに泣いてるの？」

涙をふきながら、ななめ前の席の夕夏ちゃんが振りかえる。

「わからない」

あたしのとなりの席の祐奈ちゃんが涙声で答える。

「こんなに泣いてるの、2組だけじゃない？」

「だって、涙、でちゃうんだもん！」

夕夏ちゃんと祐奈ちゃんのヒソヒソ声に、朱音ちゃんが、「ほんとだよ」とうなずいて、ハンカチで涙をふく。

「もう泣きすぎて、どうしてこんなに泣いてるのかわからないんだけど！」

朱音ちゃんのことばに、あたしは、大きくうなずく。

ほんと、なんでこんなに泣いてるんだろう。

そう思ったら、なんだか少し笑ってしまう。

そして、泣きながら笑っちゃう自分におどろく。

さっきまで、すごく悲しい気持ちだったのに。

もしかして、涙といっしょに悲しい気持ちがからだの中から流れちゃったのかな。

泣いて、泣いて、どうして泣いているのかわからないくらい泣いたら、悲しい気持ちがぜんぶからだの中からなくなるのかな。

だから、人は悲しいことがあったら泣くのかな。

それなら。

もう少しだけ、泣いていてもいいかな。

涙はぜんぶ卒業式のせいにして。

式が終わったら、笑って校門をでられるように。

目から、また涙があふれだす。

あたしは、顔にぎゅっとハンカチをおしつけた。


校門までゆっくりと歩いて、立ちどまる。

卒業式で泣きすぎて、まだ鼻がぐずぐずいってるけど、涙はもうでない。

「ねー、『せーの』で、でよう？」

あたしが言うと、マリナと亜矢は「いいね！」と賛成してくれる。

「じゃあさ、手、つながない？」

亜矢が手を差しだす。

「そうしよう」

あたしたちは、手をつないでならぶ。

そして、顔を見あわせてから、

「「せーのっ！」」

ジャンプ。

校門からぴょんと外にでて。

「卒業した！」

「わー、卒業しちゃった」

「もう小学生じゃないんだー」

ちょっとさみしそうな顔になったマリナと亜矢を見て、あたしはふたりを笑わせたくて、
手をつないだまま、1歩うしろにさがる。

「いえーい、小学生！」

校門の中にもどったあたしを見て、亜矢とマリナは「もう！」とあきれ顔になる。

そして、

「中学生、だよ！」

と言いながら、ふたりがあたしの手をぐんと引っぱる。

両側から引っぱられたあたしは、「わぁ」と声をあげて、いきおいよく校門を飛びだす。

3月のあたたかい風がほっぺたをくすぐる。

頭の上には、青い空がどこまでも広がっていた。


（おわり）

あとがき

こんにちは！

『かなわない、ぜったい。～きみのとなりで気づいた恋～』を手に取っていただき、ありがとうございます！

楽しんでいただけたでしょうか？

さて、このお話では、学校の席替えが恋のきっかけになっています。

私はもうすっかり大人なのですが、小学生とか中学生のころの席替えのドキドキは、今でもはっきりと覚えています。

好きな男子のとなりになりたい、とか、仲よしの友だちと同じ班になりたいとか。

おまじないの本を読んで、試したこともあります（効果なかったけど）。

でも、高校生になったころからは、教室の外の世界のほうが楽しくて、「席なんて、どこでもいい」なんて思うようになりました。

私は早起きと宿題と体育の授業が苦手だったので、「もういちど学校に通いたい！」と思うことはほとんどないのですが、このお話を書いているとき、席替えで喜んだり悲しんだりしている女の子たちを想像して、ちょっとだけうらやましくて、ちょっとだけ、小学生に戻りたいと思いました。

もし、読んでくださった方の中に、「うちのクラスもくじ引きで席替えしてるよ～」という方がいたら、席替え、めいっぱい楽しんでくださいね☆

最後になりましたが、かわいすぎるイラストを描いてくださった、姫川恵梨先生。そして、この本の出版に関わってくださったすべての方に、心から感謝申し上げます。

ではでは、またどこかでお会いできますように☆

野々村花

★野々村先生へのお手紙はこちらに送ってください。

〒101－8050　東京都千代田区一ツ橋2－5－10
集英社みらい文庫編集部　野々村花先生

3人の恋のゆくえにドキドキしながら
楽しく描かせていただきました!!
野々村先生ありがとうございました♡
姫川恵梨

集英社みらい文庫

かなわない、ぜったい。
～きみのとなりで気(き)づいた恋(こい)～

野々村 花(ののむら はな)　作
姫川恵梨(ひめかわ えり)　絵

✉ファンレターのあて先
〒101-8050　東京都千代田区一ツ橋2-5-10　集英社みらい文庫編集部
いただいたお便りは編集部から先生におわたしいたします。

2018年12月26日　第1刷発行
2019年 1 月26日　第2刷発行

発 行 者	北畠輝幸
発 行 所	株式会社 集英社 〒101-8050　東京都千代田区一ツ橋2-5-10 電話　編集部 03-3230-6246 読者係 03-3230-6080 販売部 03-3230-6393（書店専用） http://miraibunko.jp
装　　丁	AFTERGLOW　中島由佳理
印　　刷	大日本印刷株式会社　凸版印刷株式会社
製　　本	大日本印刷株式会社

ISBN978-4-08-321476-9　C8293　N.D.C.913　186P　18cm

特殊教科"お宝バトル"で
学校指定のお宝を

卒業生から数多くの
才能あふれる人たちが出ている、
超有名人気学校「私立鳳凰小学校」。
他の小学校と大きくちがうところ、
それは……〝お宝バトル〟という
特殊教科があること！
子どもたちの知恵や体力、
ときには運も試される
バトルの勝敗の行方は！?

2019年
1月24日㊍発売！

ピアノがひけなくなった風音のまえに、
ある日とつぜん、
早瀬くんがあらわれて――!?
柴野理奈子・作
榎木りか・絵
放課後、きみがピアノをひいていたから
~出会い~
2019年2月22日(金)発売!!

キュンとせつない、ピアノ×初恋ストーリー!!

ピアノの音――？

ある日、風音（小6）が音楽室をのぞくと、
そこには早瀬くんがいた。

「つぎどうぞ」「ううん、わたしはひかないから」

「えっでも……」。

その日から話をするようになった2人。

あるとき、風音は、ピアノをひけなくなった
一年前の出来事を話してしまう。

すると、なにも知らないはずの早瀬くんから、

「高原さんのピアノ、好きだよ」と言われ――!?

「みらい文庫」読者のみなさんへ

言葉を学ぶ、感性を磨く、創造力を育む……、読書は「人間力」を高めるために欠かせません。
たった一枚のページをめくる向こう側に、未知の世界、ドキドキのみらいが無限に広がっている。
これこそが「本」だけが持っているパワーです。

学校の朝の読書に、休み時間に、放課後に……。いつでも、どこでも、すぐに続きを読みたくなるような、魅力に溢れる本をたくさん揃えていきたい。読書がくれる、心がきらきらしたり胸がきゅんとする瞬間を体験してほしい、楽しんでほしい。みらいの日本、そして世界を担うみなさんが、やがて大人になった時、「読書の魅力を初めて知った本」「自分のおこづかいで初めて買った一冊」と思い出してくれるような作品を一所懸命、大切に創っていきたい。

そんないっぱいの想いを込めながら、作家の先生方と一緒に、私たちは素敵な本作りを続けていきます。「みらい文庫」は、無限の宇宙に浮かぶ星のように、夢をたたえ輝きながら、次々と新しく生まれ続けます。

本を持つ、その手の中に、ドキドキするみらい――。
本の宇宙から、自分だけの健やかな空想力を育て、〝みらいの星〟をたくさん見つけてください。
そして、大切なこと、大切な人をきちんと守る、強くて、やさしい大人になってくれることを心から願っています。

2011年　春

集英社みらい文庫編集部